Reinhart Brandau

Gomorrha
und
die Bombe Gott

oder

Ein Kind erzählt sein Leben

Meine Autobiographie
erster Teil

Bird Books Worpswede

Copyright 2013 by Reinhart Brandau

Herstellung und Verlag:
BoD Books on Demand, Norderstedt
(Printmedium & e-Book)
ISBN 978-3-8482-6601-2

Meiner Mutter Erika
und
Meinem Vater Theo

ohne deren gemeinsamem Dasein es mich ja nie
gegeben hätte, ich auch nie, und das mag ich
mir gar nicht vorstellen, ich auch nie, nie, nie
meiner Elfe begegnet wäre ...

ebenso den Vögeln, und deren Gesang - und so
mancher Katze, sind ja nicht alle so, und besonders Hunden und Wölfen und Ziegen, Hüh-
nern, Schafen, Pferden, Heupferden, Schmetterlingen, Bienen, Wespen, Hornissen, Ameisen, Ei-
dechsen und Schlangen, Fröschen, Spinnen und
Mäusen, und besonders den Ratten, die, was
ja wohl die wenigsten Menschen wissen, oft die
„besseren Menschen" sind - all unseren Mitgeschöpfen, ohne die, wir Menschen, noch viel einsamer wären, als wir es so schon sind ... den
Tagen und den Nächten, Sonne, Mond und
Sternen - dem Kummer, der Freude, der Schönheit der Schlangen, der Flüsse, Quellen, Seen,
eines Gewitters und eines sonnigen Tages ... der
ganzen Welt, mit allem ihren Sein, und dem
Gebet: mögen alle guten Geister und die Welten-
Seele unseren Blauen Planeten beschützen, und
ihn endlich, in letzter Minute noch, von der
tödlichen HOMOSTRAPAZIENSITIS heilen ...

Juri? … wer Juri ist? – soll ich es dir verraten? Nein? Dann behalte ich eben für mich, daß Juri ein schwarzer Amselmann ist, mit orange-gelbem Schnabel. Daß er nur noch einen Fuß hat, der auch nicht ganz heil ist, mit dem er nur noch kleine Hopser machen kann. Aber fliegen tut er wie ein Sturmwind, von einem Zimmer ins andere, durch den langen Flur und noch weiter, und in einen Rollstuhl will er nicht. Er sagt, dann wäre er ja schon ein halbes Flugzeug, mit Rädern unterm Bauch, und will einfach nur ein Vogel sein.

Ob er denn singt, fragt mich der Mann, der eben reingekommen ist, und zusieht, wie mein Vogelfreund in seiner Wasserschale planscht und spritzt.

Juri kann wunderschön singen. Sogar mitten im Winter, wenn draußen tiefer Schnee liegt und der Frost in den Bäumen klirrt, singt er so, daß es sich anhört, als wenn schon Frühling wär.

Das verrate ich dem Mann aber nicht, denn ich habe ihm ins Herz geschaut. Das geht, wenn ich jemandem in die Augen sehe. Dann weiß ich was er innen denkt und fühlt.

Da hab ich gleich gesehen, daß der Mann das gar nicht wirklich wissen will, und frage ihn, ob er denn singt. Nein? Ob er denn überhaupt irgendwas Besonderes macht? Nein, er hängt nur so rum und denkt an nichts. Zum Sterben langweilig wär alles, hat er gesagt, und hat Angst davor, daß es immer so weitergeht, und möchte am liebsten tot sein. Aber vorm Sterben hat er auch Angst. Höchstens, wenn er nicht alleine sterben braucht. Darum will er jetzt Soldat werden, und im Krieg, mit all den anderen zusammen sterben, die das Leben auch nicht so besonders finden.

Wo Juri denn herkommt, fragt der Mann mich noch, und will es gar nicht wissen, und sieht mich erschrocken an, als er meine Stimme hört: Setz dich! Ich will es dir erzählen. Und hör mir gut zu! – Juri ist Hanseat. Ist aus Hamburg gekommen, nach Worpswede hier. Ist dort aus dem Ei gekrochen. Schon seine Eltern waren Hanseaten. Seine Ur, Ur, Urahnen haben

5

Gomorrha überlebt. Gomorrha, so nannten die Briten ihre großen Bombenangriffe auf die alte Hansestadt. Auch ich hab sie überlebt, im Keller des Hauses meiner Großeltern, in Eppendorf, Tarpenbeckstraße 122. Dort roch es modrigwürzig nach Frühlingserde unterm Laub, und Äpfeln, Kartoffeln und Gemüse – im trüben Licht der Milchglasbirne, das irgendwann verlosch. Wenn ich nur daran denke bin ich gleich wieder dort.

Auf dem Bretterbord an der Wand, reihen sich Weckgläser mit Gurken, Bohnen, Marmelade, Kirschen und Mirabellen.
Der schummrige Raum unter der Erde erbebt. Gläser klirren im Regal. Ein Mirabellenglas zerspringt – na ja, geklirrt hat es schon, aber keines der Gläser ist wirklich zersprungen. So wär's nur sonst in einer Erzählung, wegen des Effekts, der Symbolhaftigkeit. Nein, wir wollen keine Geister wecken, wo doch nur Haftinatten sind, die sich in Vollmondnächten müde schwankend wiegen, und sonst nur schlafen!

Jetzt sind wir, auweia, raus aus der Geschichte! Wie kommen wir da bloß wieder rein?! Von vorne anfangen? Kämen ja nur wieder bei dem nicht wirklich zersprungenen Weckglas an. Ach was, wir lassen das Glas nun doch zerspringen, damit es endlich weitergeht! Kleine Notlüge, kann jeder verstehen. Und die Mirabellen, dieser Sommerbaumblütengeschmack, könnten ja in die Kohlen fallen! Plopp! schon passiert, ganz kleine Lüge nur.

Gelblichsüße Bällchen rollen über einen schwarzglänzenden Steinkohlebrocken, und sammeln sich in einer Grusmulde wie Eier in einem Vogelnest.
Verstohlen greife ich in das „Mirabellennest." Zarte weichklebrige Mirabelle. Wie ein winziger Globus. Kohlenstaubschlieren, wie Kontinente auf einem fernen Planeten. Wo keine Bomben fallen. Sieht's auch keiner? Verstohlen streiche ich einen der Kontinente, wusch, an mein Hemd. Der andere zergeht, mitsamt dem Planeten, zu einem duftigen Jauchzer in meinem Mund.

Schweigend sitzen Oma und Opa, Elschen und Prof. Dr. Otto Schumm, bangend und hoffend neben mir. „Hier sind wir sicher. Hier kann keine Bombe rein!" hat Opa, gut gemeint, gelogen.

Opa wußte alles, nur nicht wie man die „Tommys" davon abhalten könnte, ihre Bomben auf uns zu werfen, und wie es ist, wenn man stirbt. Darüber hatte ich mit einem Mädchen gesprochen, und in ihre großen tiefen Augen geschaut. In ihnen lebte etwas, jenseits von hier.
„Ich werde sterben", hat sie gesagt. „heute Nacht. Ich freu mich darauf, bei den Engeln zu sein. Da ist es viel schöner als hier. Sie haben mich oft im Traum besucht und mir versprochen, auf mich zu warten. Ich hab solche Sehnsucht nach ihnen!"
Sie war es, deren bunte Glasmurmel ich behalten durfte, weil sie in jener Nacht, nur wenige Hausnummern weiter, unter den Trümmern ihres Hauses ihr kurzes Leben verlor. Als ich in ihre bunt schillernde Glasmurmel schaute, sah ich sie wieder. Und etwas von ihrer Sehnsucht, ein sehr geheimes Gefühl, habe ich in mir behalten.

Das war eine aufregende Zeit damals, für einen Jungen vom Lande, in dieser großen Stadt. Omas Küche war das schönste überhaupt. Dort konnte sie zaubern – köstliche Milchsuppe mit Vanille, und rote Grütze. In der großen Sandkiste auf der anderen Seite der Straße, vor einer hohen Backsteinmauer, spielte ich oft mit anderen Kindern. Hinter der Mauer lebten hohe Herrschaften. Einer von ihnen war einmal oben auf der Mauer gesessen. Es war der Kaiser von China. Doch war der sicher nicht so groß wie der Führer, der ja noch mächtiger war als der Liebe Gott. Der hatte nämlich keine Flugzeuge, und Panzer, und Kanonen – die hatte alle nur der Führer.
Als ich Opa mal fragte ob er den Kaiser von China auch schon gesehen hat, huschte ängstlicher Unmut über sein Gesicht: „Das sagt der nur so. Das sind arme Menschen, die da hinter der Mauer wohnen. Die sind nicht ganz bei Trost. Wenn ich mir vorstelle, was man denen noch antun ……!" Opa sprach nicht weiter. Es lag ein Schatten auf seinem Gesicht.

*

Lange liege ich wach, im weichen Federbett. Oma schläft wohl schon. Die Tür zu Opas Schlafzimmer ist halb geöffnet, damit ich noch etwas Licht zum einschlafen habe. Eigentlich ist das gar kein Schlafzimmer. Es ist ein Laboratorium, mit einem Bett, genau wie hier, und sehr gemütlich.

Von nebenan höre ich Opas leise summend singende Stimme. Er komponiert und schreibt Noten auf, für seine Geige, auf die Ränder der Seiten des Buches, in dem er gerade liest. Heimelig und gemütlich ist das. Ich kann trotzdem nicht einschlafen.

Wie eine drohend gen Himmel gerichtete Kanone sieht das Fernrohr aus. Ich durfte es neben mein Bett stellen. Es ist noch länger als ich groß bin. Ich habe Opa dabei geholfen, als er es aus Messingrohren und großen dicken Linsen baute. Heute Abend hatten wir es fertig. Als der Mond und die Sterne am Himmel waren, sind wir auf den Balkon, und haben uns die Berge und Krater auf dem Mond damit angeguckt. Da war der Mond ganz groß, und nah, und wäre beinah heruntergefallen. Es kribbelte tüchtig im Bauch. Nun ist der Mond wieder an seinem Platz da oben. Und ich kann trotzdem nicht einschlafen.

Aus dem Halbdunkel schweigen mich geheimnisvolle Messing- und Glasgeräte an, mit denen Opa krachende Blitze machen kann, und in Spiralröhren, aus Glas, blauzuckendes Irrlichterleuchten. Von dem großen Glaskolben wandert mein Blick über Reagenzgläser zum Fenster, hinaus in die stille Nacht und zurück zu den Gegenständen im Zimmer, und in mich hinein. Dort sehe ich das Mädchen, das jetzt bei den Engeln ist. Mit ihr in mir, schlafe ich endlich ein.

Aus dem Mond kommt etwas herab, stößt an einen Stern, daß er hell aufklingt, kommt auf mich zu – grau glitzernd – wie eine Bombe die vom Himmel fällt. Nun ist sie da, die dicke graue Bombe, und sagt:
„Junge, ich bin Gott!"

„Ooooh!"

„Jaaa, ich bin aber auch der Krieg, ich habe ihn selbst gemacht!"

„Ooooh, warum hast du denn den Krieg gemacht?"

„Komm, Kind, setz dich zu mir, ich will es dir erzählen. Und grüßen soll ich dich, von deiner Freundin Erika die jetzt oben mit den Engeln spielt.

Ja, Junge. Jetzt ist es hundert Jahre her, und noch mal hundert Jahre, ungefähr. Da lebten in England zwei meiner Kinder. Es waren die schönsten Kinder, die es je gegeben hat. Am Morgen, wenn die ersten Strahlen der aufgehenden Sonne das Land aus tiefem Schlafe weckten, öffneten sich die himmelblauen Augen meiner Kinder, strahlten mich lieb und glücklich an, und sagten „Lieber Gott" zu mir.

Dann waren sie groß. Und ihre Augen waren tief und ernst und dunkel geworden, und erglühten in Liebe. Sie hatten sich verliebt, meine Kinder, und waren auf ihrem honeymoon. Das ist englisch und bedeutet Hochzeitsreise. Da waren sie so glücklich und verliebt und voller Lebensfreude, daß ich dachte ich wäre sie. Und das war ich denn wohl auch."

Ich hatte der Bombe, die Gott war, atemlos zugehört: „Ooooh, so viel Liebe kann es geben, und du kannst dann ein Mensch sein?"

„Ach Kind", sagt die Bombe nachsichtig lächelnd. „hab ich dir nicht gesagt, daß es die schönsten Kinder waren, die es je gegeben hat?"

„Jaaa , das hast du wohl gesagt, und das glaube ich dir ja auch. Aber du hast doch selbst gesagt, daß es Kinder waren, die dann nachher groß geworden sind."

„Ja, das ist schon richtig. Aber Menschenkinder waren es nicht. Es waren doch die schönsten Kinder die es je gegeben hat. Und sie sahen nicht nur schön aus. Sie waren es auch innendrin, in ihren Seelen, und deshalb konnte ich auch in ihnen sein. Nein, Menschenkinder waren es nicht. Du siehst ja selber wie die sind. Und was sie machen! Nein liebes Kind, Menschen sind ja die hässlichsten Geschöpfe die mir je gelungen sind!"

Nun legt die Bombe ihre Hände auf ihren dicken Bauch, beugt sich zu mir her und sagt: „Was siehst du mich so traurig an?" und nimmt mich in den Arm. Und gibt mir einen Kuß auf die Stirn und sagt: „Sei nicht traurig Kind. Du weißt doch daß ich dich auch lieb hab, und auch ein bisschen du bin. Es sind ja nicht alle Menschen nur hässlich. So wie auch deine Freundin Erika. Die hab ich erstmal zu mir und den Engeln geholt. Sie wollte es ja auch, denn sie hat vieles gewußt, was Menschen sonst nicht wissen. Sie hat in viele Menschenherzen tief hineingeschaut, und Angst bekommen. Da hab ich sie zu mir genommen. Wenn ich daran denke, wie es ihr hier noch ergangen wäre … das hätte ich nicht mit ansehen mögen."
„Darf ich sie denn mal besuchen, dort bei den Engeln?"
„Wenn du unbedingt willst. Ich kann ja jeden Augenblick explodieren, wenn du willst. Aber nein, lieber nicht. Ich brauch doch einen Freund hier auf dieser traurigen Erde, der mich ein bisschen lieb hat. Willst du nicht doch noch bleiben?"
„Meinetwegen lieber Gott. Aber was ist denn damals mit deinen Kindern in England noch gewesen?"

„Ja, sie waren auf ihrer Hochzeitsreise. Ihre schwarzen Federn schillerten grünlichblau unter der Sonne als sie hoch über Kornwalls Küste flogen. „Kack", sagte Ki zu ihrem Rabenmann. „hier, an der Küste, sind keine großen Bäume, in die wir ein Nest bauen könnten. Wollen wir nicht weiter ins Land fliegen? Dorthin wo es die vielen großen Eichen gibt!?"

Nicht weit von London entdeckten sie die alte Eiche "Nagu". So nannten sie die Elfen, die in stillen Nächten unter ihrer Krone tanzten.

In Nagus Wipfel bauten sie ihr Nest. Dann waren Ki und Kack glückliche Eltern geworden. Liebevoll umsorgten sie ihre beiden Kinder bis – ja bis die Männer kamen …
Kack war weit ins Land geflogen. Ki lag wärmend und beschützend auf ihren Kindern, als der mächtige Baum unter den Axt-hieben der Männer erbebte, bis er krachend zu Boden stürzte. Seine berstenden Äste erschlugen die Rabenmutter

und ihre Kinder … der Baum mußte fallen. Sein Holz wurde gebraucht, für eine Brücke über die Themse in London …"
Mit einem Seufzer neigt sich die Bombe auf mich zu, und etwas glitzert in ihrem Gesicht. Es sieht aus wie Tränen. Vertraulich leise, fast flüsternd, spricht sie weiter: „Achtlos, lieblos, ohne jedes Mitgefühl haben sie meine Kinder und die Mutter umgebracht. Und Trauer in Kacks Herz gegeben, daß er bald vor Kummer starb. Überall führten die Menschen Krieg gegen meine Schöpfung, und sich selbst. Jahr um Jahr habe ich darauf gewartet, daß die Menschenkinder, die geboren wurden, meine Schöpfung anders achten würden, als ihre Eltern es taten. Es wurde aber immer nur noch schlimmer. So hab ich dann den Krieg gemacht. Er sollte die unheilvolle Brücke in London zerstören, und vielen Menschen das Leben nehmen. So geht etwas, von dem Leid, das sie meiner Schöpfung zugefügt haben, an sie zurück."
Still beuge ich mich auf die Bombe zu, und trockne mit meiner Hand die Tränen von ihrem Gesicht. Sie will noch etwas sagen, vergeht dabei in auf- und abschwellendem Heulen.

*

Durchs Fenster seh ich die grellen, weißgelben Lichtsäulen der Scheinwerfer suchend in den Himmel tastend über das Nachtdunkel gleiten. Fliegeralarm! Gott kriegt weiter – und ich weiß nun endlich auch warum! – und – daß er mich nicht sterben lassen will.
Schnell, eh Opa was merkt, bin ich auf dem Balkon und schau in die Nacht. Als das Geheul der Sirenen verebbt, legt sich tiefe Stille über die Stadt. Gespenstisch lautlos hängen all die Lichtsäulen im Nachthimmel. Von weither nähert sich leises melodisch wellendes Summen.
„Reinhart!" das bin ich. Opa will mich wecken. Mein Bett ist leer. „Reinhart!"
Das Summen schwillt an. Ich laß das Balkongeländer los, husch in die Ecke, kaure mich neben den Ascheimer und zieh

den Saum meines Nachthemdes über die angezogenen Knie auf meine bloßen Füße herab. Ein Fensterglas klingelt in das tiefe wogende Brummen der englischen Bomber und die falzetierte Stimme meines Opas: „Reinhart! Wir müssen sofort in den Keller!!!"

Kühler Betonboden an Füßen und Po. Opa sucht wohl überall nach mir. Unterm Bett, im Klo, unter dem Tisch in der Küche. Ich zittere vor Aufregung. Und jetzt geht's los: … !

Hoch über mir berührt eine Lichtsäule ein Flugzeug, eine andere ein zweites. Wie kleine weiße Kreuze leuchten sie am Himmel. Um sie her zerplatzen die Granaten der Flugzeugabwehrkanonen. Knatterndes Knallen spritzt giftend in die Nacht. Dumpf bebendes Donnern rüttelt am Gemäuer. Rotglühende Fontänen spritzen auf, hinter den Häusern da drüben. In langen Reihen. Ganz schnell hintereinander. Unwirklich und erschreckend laut.

Da! Ein kleines Kreuz hinter einem großen. Zwischen ihnen ein flimmerndes Band. Feurig rot hängt sich ein Sternschnuppenschweif an das große Kreuz. „Lett's get out here!" schreit ein entsetztes Gesicht. Ich hör das nicht. Aber ich weiß es. Da sind doch Männer drin, und das Kreuz hängt schief, fliegt in eine Kurve, lodert, sprüht, in großen Kreisen sinkt es tiefer, tiefer bis aus den brennenden Häusern dort ein gewaltiger Feuerball aufsteigt … da, eine Schattengestalt vor der blitzend leuchtenden Nacht! „Da bist du ja! Jetzt aber schnell!"

Opas große Hand packt mich am Arm und reißt mich zürnend hoch. Vorbei die aufregende Nacht auf dem Balkon.

Ich glaub er hat mich noch gehaun, das einzige Mal im Leben, weiß es aber nicht genau. Viel schlimmer war, daß ich nicht mehr auf dem Balkon in meiner echten Bombennacht bleiben durfte! Da hatte ich keine Angst gehabt. Da war ich ganz, und frei, in der großen Nacht. Im Keller ist es wie eingesperrtes Warten auf irgendwas Schlimmes.

*

Mißmutig sitze ich neben Oma, Opa und den Kohlen im Keller. Vorwurfsvoll fragt Opa mich:
„Was hast du dir nur dabei gedacht dich auf dem Balkon zu verstecken?!"
„Der Liebe Gott hat mir doch versprochen, daß keine Bombe auf uns fällt. Und wir brauchen gar nicht im Keller sitzen!"
„Ach so", sagt Opa und faßt sich an seinen Bart. Das ist immer wenn er nicht so recht weiß. „du hast mit Gott gesprochen?"
„Ja, ganz bestimmt! Er kam direkt aus dem Mond zu mir, und war eine dicke Bombe, und hat den Krieg selber gemacht und kennt sich da aus!"
„Sooo, und du erzählst mir auch keine Märchen?!"
„Otto!", protestiert Oma jetzt energisch. „wenn der Junge das sagt, wird es schon richtig sein. Warum sollte Gott nicht seine Hand über uns halten?!"
Ich glaub Opa schämt sich jetzt ein wenig, als er sagt: „Wenn Gott dir wirklich versprochen hat, daß keine Bombe auf uns fällt, brauchen wir auch keine Angst mehr haben. Gott wird sein Versprechen bestimmt halten!"

Da! Das Mirabellenglas! … Es geht ja wohl nichts mehr mit rechten Dingen zu; Gott steckt in einer Bombe, und ist mein einziger Freund der mich versteht. Das Mirabellenglas steht, als wäre nichts gewesen, an seinem Platz im Regal, und sogar, ich seh´s genau, die kleine kohlenstaubbeschlierte Planetenmirabelle ist, mit allen Kontinenten, sogar mit dem der immer noch backig an meinem Hemd klebt, wieder im zugeweckten Glas … und ich hatte sie doch aufgegessen! Was ist nur los?! Lustige kleine Lügen schweben, gaukeln, flattern, als weiße Schmetterlinge, um das trübe Licht der einsamen Glühbirne, unter der Kellerdecke.

Es wummert, rumpelt, hallende Echos, wie unter Wasser vielleicht. Aber auch wie in den Wolken, bei Blitz und Donner. Und das alles hier in dem kleinen Raum unter der Erde, zwischen Kohlen und Kartoffeln, und Opa und Oma, und bebt und klappert und klirrt, wobei die milchig nackte Glühbirne, unter der Decke, an ihrem Stück Kabel baumelnd mal hier- mal dahin schaukelt. Und in all den auf- und abebbenden Lärm hinein schleicht sich kaum hörbares Knarren von über der Kellertreppe an mein Ohr.

Die Tür da oben hat sich in ihren Angeln bewegt, und ist quietschend angehalten. Endlich seh ich, von dem wunderbaren Leuchten der kämpfenden Nacht, etwas wieder, in dem großen bunten Bleiglasfenster im Treppenhaus – und meinen Freund, die Bombe Gott.

„Darf ich eintreten?" fragt Gott bescheiden.
„Wer hat die Tür denn wieder mal nicht richtig zugemacht?!" fragt Opa vorwurfsvoll. Ich wundere mich, daß Opa Gott nicht bemerkt, und einen Schrecken kriegt, weil der ja als Bombe da oben steht, und frage ihn: „Darf Gott denn zu uns reinkommen?"
„Meinetwegen." sagt Opa, und faßt sich an den Kopf. „Er soll aber die Tür wieder zumachen!"
Endlich, denke ich, endlich hat Opa Gott gesehen, und, denke ich noch, daß er zu ihm schon etwas freundlicher sein könnte.
„Du darfst reinkommen, lieber Gott, sollst aber die Tür wieder zumachen, hat Opa gesagt."
Knarrend schließt sich die Tür. Dann kommt Gott die Treppe runter gestampft mit seinem dicken Bombenbauch, daß es rumpelt, und setzt sich unten auf eine Stufe nieder.
Ungläubig starrt Opa die Tür an, versucht sich zu fassen, und schaut mich merkwürdig befremdet an:
„Wo ist denn nun dein Lieber Gott?"
„Da ist er doch!" zeige mit dem Finger zur Treppe, wo sich mein Freund hingesetzt hat, und schau in Omas und Opas ratlose Gesichter, dann zu Gott: „Ich glaub, Opa und Oma sehn dich gar nicht!" Sachte beugt sich mein Freund auf mich zu und sieht mich bekümmert an, als er sagt:
„So ist es eben. Die Menschen sehn mich einfach nicht. Und manchmal glaub ich selber schon, daß es mich gar nicht gibt."
„Doch! Doch! Du bist doch dick und rund, ich seh dich ja!"

„Du ja! Du siehst mich schon, und darum bin ich auch dein Freund. Und darum bin ich auch zu dir gekommen, weil ich einen Freund brauche, mit dem ich reden kann."
„Wirklich? Du brauchst einen Freund, zum reden?"
„Ja, wirklich! Wenn ich auch Gott bin, der die ganze Welt erschaffen hat, ist da aber noch die Vorsehung, die nach und nach alles wieder zerstört, was ich mit so viel Liebe ins Dasein gerufen habe. Und da brauche ich einen Freund, der mir hilft, daß es wieder besser wird auf der Erde. Und du bist doch mein Freund?!"
„Ja, lieber Gott, ich bin wirklich dein Freund! Du brauchst mir nur zu sagen was ich machen soll, daß es wieder besser wird, und der Krieg aufhört. Aber wer ist denn diese Vorsehung nur?"

Jetzt horcht Opa auf. Vorsehung. Denkt er. Das kann sich der Junge nicht ausgedacht haben, da steckt mehr dahinter. „Elschen", sagt er, und wendet sich Oma zu. „im Krieg ist ja vielleicht manches möglich, was wir uns nicht vorstellen können. Vielleicht müssen wir dem Kind doch wohl irgendwie glauben."
Jetzt sieht Opa mich wieder so an wie früher, als wir noch gute Freunde waren: „Junge, wir können Gott wirklich nicht sehen, und auch nicht hören, wenn er spricht. Würdest du so lieb sein und uns erzählen was Gott zu dir sagt?"
Die Bombe nickt mir lächelnd zu. Und ich nicke Opa zu. Und das heißt auch: „ja."

Nun lehnt sich die Bombe an die Wand, verschränkt ihre Hände über den Bauch, denkt eine Weile nach – und sagt:
„Ja, ja, ja, wenn die Vorsehung nur nicht wär!" sie macht eine Pause, in der ich ihre Worte für Opa und Oma wiederhole. „Die Vorsehung macht mir das Gottsein ja so schwer. Wie oft habe ich mit ihr unter vier Augen gesprochen: von Liebe, Güte und Vergebung. Alles vergebens!"
„Unerbittlich ist das Gesetz", hat sie mich ermahnt. „das das Schicksal der Welt und allen Lebens bestimmt. Und du, alter Freund, kannst da auch nicht aus der Reihe tanzen. Du hast die Welt erschaffen, ja, und ich das Gesetz. Basta! Ist ja schön und

gut, dein göttlicher Langmut. Aber du kommst mir nicht umhin zu kriegen! Eine Menschenhand kann geben oder nehmen, heilen oder töten, foltern oder zärtlich sein, und alles was sie tut, kommt zu ihr zurück. Das ist Gesetz! Und es ist deine Pflicht, für ausgleichende Gerechtigkeit zu sorgen!"

„Wenn das so einfach wäre!" schrie ich die Vorsehung an. „Die Bomben fallen ja nicht nur auf Menschen die es sich verdient haben. Sie fallen doch auch auf Babies und Kinder und Vögel und Tiere und Pflanzen!"

„Ja, Gott, da hast du wohl recht. Da ist schon einiges aus dem Ruder gelaufen. Schlimm ist das schon, mit den unschuldigen Pflanzen und Tieren und Vögeln. Für die Menschenkinder ist es, wir wollen doch ehrlich sein, eher gut. Die haben ja noch nicht allzuviel Böses gedacht und getan. Die dürfen ja noch wählen, was sie im nächsten Leben sein möchten; ein Fisch im Wasser, ein Vogel in der Luft, eine Schlange auf der Erde, Fuchs, Hase oder Igel oder ein Baum, was immer sie sich wünschen. In Gottes Namen sogar wieder ein Mensch. Für die allermeisten Erwachsenen aber sieht es ziemlich finster aus. Großes Glück, hat, wer sein neues Leben dann als Österreichisches Freilandhuhn mit eierlegen verbringen darf, bis er in irgendeinem Kochtopf landet. Wer als französische Mastleberpastetengans, in eine Kiste mit Drahtboden gefercht und genudelt wird, bis seine Riesenleber zu platzen droht, hat´s auch noch nicht gar zu schlimm getroffen. Wer aber als deutsches Kaninchen, Maus, Hund oder Ratte in einem Tierversuchslabor gefoltert wird, erleidet nun selbst Qualen, wie er sie anderen Geschöpfen zugefügt hat. Und für die Vögel, Tiere und Pflanzen bist du ja da, daß du ihnen ihr glückvolles Leben wiedergibst. So hat sich der Kreis des Seins dann geschlossen."

„Ja, ja, ja, liebe Vorsehung, und so gefällt es mir nicht! All das viele Leid, nein, das will ich nicht!"

„Dann, lieber Gott, sprich nicht mehr mit *mir*. Rede mit den Menschen, und pflanze ihnen deine göttliche Liebe in ihre Herzen! Warum hast du das nicht längst gemacht?

Ich will dir sagen warum; du bist eben alt geworden, und vergesslich, und kriegst so manches nicht mehr richtig auf die Reihe. Mit Lehm rummatschen, und ein Meisterwerk versuchen! Ha, ha, ha, du siehst ja was dabei herausgekommen ist!"

„So, so, verehrte Vorsehung! Du hast mich ja so richtig auf den Pott gesetzt. Und ich will nicht mehr Gott sein, wenn das nichts nützen soll! Mit dir rede ich nun nicht mehr. Da will ich lieber ein Menschenkind suchen, das mir dabei helfen will, daß es besser wird, mit diesem unseligen Menschengeschlecht!"
Wieder beugt sich die Bombe zu mir her, sieht mich an und sagt: „Nun weißt du, warum ich zu dir gekommen bin. Willst du?"
„Schrecklich gern, Bombe Gott! Aber ich bin ja noch so klein, wie soll ich dir da helfen können?!"
„Du mußt schon erst noch groß werden, und viel lernen, und dabei innendrin ein Kind bleiben. Vielen, vielen Menschen mußt du tief ins Herz schauen. Das ist sehr schwer. Und in dein eigenes. Das ist am allerschwersten, und tut oft sehr weh. Wenn du dann ins Herz der Schöpfung schaust, wirst du wunderbar Geheimnisvolles über das Leben erfahren, und ich werde immer bei dir sein.
Dann werden wir die Herzen der Menschen berühren und vielleicht, ganz vielleicht, in ihnen ein Flämmchen Liebe zu unseren Mitgeschöpfen entzünden. Diese Liebe fällt dann auf die Menschen zurück. Sie ist es, die sehend, und wirklich glücklich macht. Wenn uns das gelingt, wird es endlich auch keinen Krieg mehr geben. Willst du immer noch, mein Kind?"
„Ja, lieber Gott! Aber du mußt auch bitte, bitte wieder zu mir kommen!"
Die Bombe beugt sich nah zu mir her, und küsst mich wieder auf die Stirn, und sagt: „Ich verlaß dich jetzt und bleibe doch in deiner Nähe, und komme ganz zu dir zurück, wenn du ins Herz meiner Schöpfung schaust. Ich habe dich sehr lieb, mein Kind!"
„Ich dich auch, lieber Gott!" Ob er es noch gehört hat?

Opa und Oma haben die ganze Zeit schweigend zugehört. Jetzt räuspert Opa sich: „Hem, das kann nur Gott gewesen sein. Wie immer er auch aussah. Wie eine Bombe oder Strohhalm oder ein Stück Seife. Das war Gott, oder wenigstens sein Geist!"

In den Arm nahm Opa mich nie, wie Gott es getan hat, und einen Kuß hab ich von Opa auch nie bekommen. Nur an die Hand genommen hat er mich, wenn wir spazieren gingen. Seine große liebe Hand gibt er mir jetzt auch, und nickt mir lächelnd zu.

Gerda Knop; sie hatte sich erschossen, und war doch nicht tot. Hat Opa gleich gemerkt und ihr die Kugel wieder raus gemacht. Die war mit viel zu wenig Schwung unter ihrem Herzen im Fett stecken geblieben.
Und liebe Gerda sagt Opa nun zu ihr und liebes Kind. Und zu sich nach Hause hat sie mich mitgenommen, und nix hatte sie da mehr an. Und weiß war sie, und nur ihr Gesicht war etwas rot, und rund, und ihr Po nur rund, und ihre Brüste spitz, und da drunter ein kleiner roter Fleck. Den wollte sie mir zeigen.
Aber das war doch nichts Besonderes. Vielleicht wollte sie ja auch nur Doktor mit mir spielen. Mit Susi war das ja mal ganz schön gewesen. Da hatte ich was gesucht bei ihr, zwischen ihren Beinen, und nichts gefunden. Da war nur ein Spalt, wo höchstens mal was rauskam, wenn sie püschern musste. Meinen Zipfel durfte sie dann auch mal anfassen. Damit konnte ich im stehen machen. Und im Winter, wenn es geschneit hatte, ein großes gelbes Herz in den Schnee malen, oder eine Schlange. Susi hat immer wieder mal nachgeguckt, ob bei ihr vielleicht auch noch so ein Zipfel kommt. Sie wollte doch auch mal was in den Schnee schreiben. Bei Tante Gerda war da nur ein Fell. Das hat sie bestimmt immer naß gemacht, wenn sie mal musste, igitt, igitt!
Nein, Doktor spielen wollte ich mit Tante Gerda wirklich nicht! Da hat sie sich schnell wieder angezogen und wir sind lieber in ein Cafe´ gegangen, wo sie ein Glas Tee und ich ein Glas Limonade bekommen hab. Das gab´s damals alles noch. Und wie ich in mein Glas und in die Limonade schaue – und vom Glasboden kleine Luftblasen tanzend aufsteigen und

zerplatzen, und winzige Spritzer an meine Nase kribbeln, seh ich da doch, ja wirklich … da springen lauter kleine Fische rum! Kleine Fische, mit Schleim an ihren Körpern, und großen Augen, aus denen entsetzliche Schmerzensschreie schrillen!

Das war im Sommer. In meinem kleinen Dorf Schwarzmühle, im Thüringer Wald, wo ich geboren bin. Dort hab ich mit anderen Jungen Ziegen gehütet, auf der großen Wiese unten im Tal, am Ufer der Schwarza.
Die kleinen Fische hatten sich unter den Steinen im Bach versteckt, wo wir sie mit den Händen greifen konnten. Ich war der Kleinste. Die großen Jungen haben ein Feuer gemacht, und ein Blech darüber gelegt. Auf das heiße Blech hab ich die Fische aus der Schwarza drauf getan. Wie die dann rumgesprungen sind!

Nun ja, die Großen haben es mir vorgemacht. Und was die Großen machten war wohl richtig. Und ich war tüchtig stolz, daß ich schon mitmachen durfte, mit den Großen. Es sah so lustig aus, wie die kleinen Fische rumsprangen, auf dem heißen Blech, bis sie sich nur noch zuckend wanden, und endlich brutzelnd liegen blieben. Wenn Gott das wüsste, was ich da getan habe, hätte er mich bestimmt nicht mehr lieb, und ich hätte meinen besten Freund verloren …

Luftalarm! Mitten am Tag!
Tante Gerda rennt mit mir auf die Straße. Wohin bloß?! Ist denn hier kein Luftschutzbunker in der Nähe?! Drohendes Brummen wogt durch mich hindurch, und über mir die Bomber! Sie verlieren viele kleine Kugeln, die in der Sonne glitzern und größer werden im fallen und schnell auf uns zurasen, über uns hinwegpfeifen und etwas weiter, zwischen den rennenden Menschen, plop plop plop , feuerspeiend zerplatzen. Phosphorbomben!
Menschen kreischen – rasen wild umher, in dem Feuer auf dem Straßenpflaster. Als lebende Fackel rennt eine Frau gegen eine Hauswand und schreit und schreit und fällt in den kahlen Rosenstrauch, in dem sauber gepflegten Vorgarten, mit den

kleinen, sorgfältig beschnittenen Buchsbaum Heckchen und mit Tannenreisern bedeckten Blumenbeeten – und schreit, und schreit, und schreit ganz hoch … wälzt sich in dem Rosenstrauch, der keine Blüten und Blätter jetzt im Januar 1944 mehr hat – nur lauter spitze, leicht gekrümmte Dornen – und zerwühlt ihn ganz, bis sie die Hände in den Himmel krallt und schweigt … und brennt, und immer kleiner wird, und aussieht wie ein gebratenes Kind, in den Rosen …

Und ich, ich brenne nicht. Doch in meinem Herzen brennt es und tut sehr weh… sie sieht jetzt aus, wie einer der kleinen Fische auf dem heißen Blech im Sommer …

*

In Eppendorf fallen längst nicht so viele Bomben, wie sonst in der Stadt. Gott weiß ja, daß ich hier wohne, und braucht mich doch noch.
Immerhin liegt hier und da doch mal ein Haus in Trümmern, in dem wir Kinder auf Schatzsuche gehen können.
Aus den Trümmern eines Hauses, in der Tarpenbeckstraße, erheben sich nur noch Mauerreste, aus denen ein Schornstein wie ratlos in den Himmel ragt. Das ganze Haus ist weg! Ja! Und so geht es vielen Hamburger Schornsteinen, in dieser Bombenzeit.
Innerhalb der Mauerreste, zwischen Backsteinen, zerborstenen Balken und Mörtel mit Tapetenresten, liegt eine zerfetzte Jacke, ein Hemd, ein zertrümmerter Küchenschrank, zerbeulte Töpfe, Scherben von Tellern und Tassen, eine umgekippte Badewanne, und ein zerfetztes Federbett, dessen weiße Federn ein Windhauch über all das hinweg wirbelt.

Hinter mir scheppert´s. Ich dreh mich um. Einige Häuser weiter läuft Fritz hinter seiner rostigen Fahrradfelge her, die er mit einem Stock vor sich hertreibt. „Fritz! Hier!" rufe ich, und winke ihn her.

Fritz klettert nie alleine in Trümmern rum. Da könnte ja eine Gespensterhand rauskommen, und nach ihm greifen. Nun ist Fritz froh, daß er mit mir auf Schatzsuche gehen kann. Wir stöbern in den Trümmern rum und finden erstmal nichts. Endlich, am Fuße des Schornsteins, glitzert und leuchtet etwas im Sonnenlicht: ein langes, gezackt zerfetztes Eisenstück, ein nagelneuer Bombensplitter! Vorsichtig hebe ich ihn auf. Gefährlich scharf sind seine Schneiden, spitz die vielen Zacken, und ganz schön schwer ist er auch. So lang wie ein Eßlöffel, mit Tälern und Gebirgen, zerfurcht, zerfetzt wie sturmgepeitschtes Meer.
In meinen Händen liegt ein Schatz aus einer anderen Welt. Aus einer Englandwelt; weit, weit weg, weiter als der Mond. Den seh ich oft. Aber aus der Englandwelt seh ich nur die Bomber hoch über mir. Und jetzt dieses Stück Bombe, von hoch da oben. Leise Schauer rieseln aus meinen Händen die Arme hoch in mich hinein. Aufregend, gefährlich, und ganz etwas gruselig.

„Mann!" sagt Fritz und staunt. „zeig mal her!" und nimmt meinen Schatz vorsichtig in seine Hand, in der er ihn ehrfürchtig bewundernd dreht und wendet. „Von einer echten Bombe!" sagt er, und nickt. „Ob da noch mehr sind?"
Durch meinen Fund ermutigt stöbern wir weiter in den Trümmern, in denen wir noch viele Bombensplitter finden. Doch keiner ist so groß und schön wie der vom Schornstein da. „Jetzt haben wir genug." stellt Fritz befriedigt fest. „Und ich hab ganz schön Hunger!" „Ich auch!" und, indem ich meine Beute in die Hosentaschen stopfe, nur den großen Splitter behalte ich in der Hand: „Oma hat bestimmt was zu essen für uns."

Auf dem Weg nach Hause läuft Fritz mit seinem Reifen vorneweg und ich humpele, so schnell es geht, hinter ihm her. Meine schwer beladenen Hosentaschen sind beim Laufen doch sehr hinderlich, und irgendetwas Scharfes kratzt bei jedem Schritt an mein Bein.
Im Treppenhaus steig ich immer nur eine Stufe hoch, mit dem heilen Bein, und zieh das schmerzende nach.

Oben, neben der Tür mit dem Messingschild wo in schöner Schrift Prof. Dr. O. Schumm draufsteht, drücke ich den Klingelknopf. Rrrriiiing! Sogleich nähern sich kleine eilige Schritte, und die Tür geht auf.

„Oma, wir haben Hunger und viele Bombensplitter!"

„Sooo? dann kommt mal rein."

In der Küche zeige ich Oma gleich meinen großen Splitter: „Ist der nicht schön?" Erst weiß Oma nicht so recht was sie dazu sagen soll. Dann bemüht sie sich ihn einigermaßen schön zu finden: „Na ja, irgendwie schon." Dabei sieht sie aber nicht gerade begeistert aus. Um ihr doch noch etwas Anerkennung zu entlocken hole ich nun die vielen kleinen Splitter aus den Hosentaschen und lege sie, mit der Miene eines erfolgreichen Jägers, auf den Küchentisch.

„Die hab ich alle heut gefunden, und Fritz hat auch welche."

„Dann laß mal sehen Fritz!" bemüht Oma sich, an den schrecklichen Eisensplittern Interesse zu zeigen. Der häuft nun seinen eisernen Schatz auf die andere Seite des Küchentisches.

„Die sind sehr gefährlich", versuche ich Oma doch noch zu interessieren. „mir tut das Bein schon weh!"

„Wo denn?" fragt Oma mit einem Seitenblick auf den Kochtopf, in dem es über der Gasflamme blubbert.

„Da!" Zeige auf das schmerzende Bein, und laß die Hose runter. Nun krieg ich selber einen Schrecken. Auf meinem Oberschenkel ist eine Beule mit lauter blutigen Kratzern drauf.

„Otto!" Opa kommt nicht gleich. Er ist sicher gerade mit was Wichtigem beschäftigt. „Otto!" Opa kommt, betrachtet mein Bein und fragt: „Wie ist denn das passiert?" Ich zeige auf meine Bombensplitter.

„Die waren in meinen Hosentaschen und haben mich da gekratzt."

„Na, wie deine Hosentaschen wohl aussehen?!, bin gleich wieder da."

In die eine Hosentasche hat ein Splitter tatsächlich einen Schlitz geschnitten. In der anderen sind nur kleine Löcher drin. Opa kommt schon wieder, mit einem dunkelbraunen Fläschchen, einer Salbendose und einem Verband.

„Gleich brennt´s ein wenig!" verspricht Opa mir, und träufelt zwei drei Tropfen Jod auf die Ratscher auf meinem Bein.

„Autsch!" es brennt sehr! Als Opa dann Salbe darüber streicht, ist es schon wieder gut.

Opa hat die Salbe nämlich selbst gemacht, und die ist besonders gut, und heißt Perubalsam. Als Opa mir dann noch einen großen Verband macht, bin ich ganz stolz auf meine Verwundung. Wie ein Held, der gerade aus dem Krieg kommt. Es ist ja auch ein echtes Stück Bombe, das mich verwundet hat.

*

Leider ist Mama bald gekommen, um mich aus Hamburg abzuholen. „Es ist zu gefährlich geworden, hier in der Stadt." hat sie gesagt. „Morgen fahren wir wieder nach Hause."

Jetzt ist schon morgen geworden. Am liebsten möchte ich mich verstecken und Mama alleine fahren lassen. Aber ich warte damit noch bis Mittag, und da sind die Koffer schon gepackt. Außerdem gibt es Bücklings Pfannkuchen, die ich gar nicht mag. Meinetwegen fahre ich nun doch mit Mama wieder nach Hause.

*

Endlos lange braucht die Eisenbahn bis zum Schwarzatal, wo es immer nur bergauf geht, und die Dampflokomotive Mühe hat, den langen Zug hinter sich herzuziehen. Draußen ist dunkle Nacht. Vorhin waren da manchmal noch die Lichter eines Dorfes. Jetzt sausen nur noch Schneeflocken, wie weiße Striche, am Fenster vorbei. Die Lokomotive pafft und schnauft, und bimmelt manchmal in die Nacht. Dann endlich pafft sie immer langsamer, die Bremsen quietschen, und wir halten an. Schwarzmühle, steht auf dem großen Schild neben dem klitzekleinen Bahnhofshäuschen. Es schneit noch immer, und ich stell mich mit Mama erstmal in dem Häuschen unter. Wir wollen ja noch winken, wenn der Zug weiterfährt. Nun hebt der Schaffner die Hand, trillert auf seiner Pfeife und steigt ein. Die Lokomotive pfeift und zischt und schnauft und pafft: pu pu pu pu pu pu pu pu pu pu pu! Die eisernen Arme an den Riesenrädern bewegen sich vor und zurück, rauf und runter. Die große Kolbenstange bewegt sich hin und her, und es dampft und faucht und die Räder der Lokomotive beginnen sich zu drehen, doch der Zug bewegt sich nicht.

Da steigt der Schaffner wieder aus und sieht sich die Schienen an, und die Räder, die sich nicht vom Fleck bewegen wollen, und ruft dem Lockführer zu: „Wir sind festgefroren!" Das stimmt aber nicht. Der Schaffner ist doch nicht festgefroren, er läuft ja noch rum, und der Lockführer auch nicht. Der klettert jetzt runter von seiner Lock, spricht mit dem Schaffner, zeigt zum Himmel, aus dem viele dicke Schneeflocken fallen, und auf die Schienen und dahin wo der Zug eigentlich hin will, nach Katzhütte.

Katzhütte ist nicht mehr weit. Früher dachte ich, daß da nur eine Hütte steht, die den Katzen gehört.
Im Sommer ist mein Papa mal mit mir da hingegangen, neben der Schwarza. Die kommt nämlich da her. Und neben dem Weg haben wir Erdbeeren gefunden. Die grünen haben noch nicht geschmeckt, aber die roten. Und die ganz roten, die schon etwas schrumpelig waren, haben noch besser geschmeckt, als zehn rote zusammen. Die hat sogar der Fuchs gegessen, der ja sonst nur Mäuse ißt. Mit Kopf und Fell und Schwanz und Ohren, iii ba!, hat Papa mir erzählt, und Grashüpfer und Schneck-en und Kellerasseln. Wenn ich sowas essen müßte!
Und dann war da gar keine Katzenhütte, in Katzhütte, aber ein großer, großer Bahnhof. Da war die Eisenbahn zuende. Viele Lokomotiven standen da rum und lauter Eisenbahnen. Und viel

mehr Häuser waren da als in Schwarzmühle, und in eins sind wir rein.

Da war Onkel Postel. Der war so lieb, daß ich ihn am liebsten gestreichelt hätte, und sein langes Pferdegesicht sah etwas traurig aus, weil seine Frau ihm immer nur Kartoffeln kochte.

„Katooofel, Katooofel, immer nur Katooofel!" hat er gesagt, und dabei ein schönes großes weißes Pferd aus Porzellan gestreichelt. Das hatte er gerade gemacht. Das kann sonst keiner, ein so schönes Pferd machen, und muß immer nur Kartoffeln essen!

Dahin, nach Katzhütte, streckt der Lockführer seinen Arm aus, und der bewegt sich so, wie wenn ein Kopf mehrmals nickt. Da will der Zug hin, und der Lockführer auch, aber wie nur, wo die ganze Bahn festgefroren ist?!

Da hat der Lockführer eine Idee und fragt meine Mama gleich: „Guten Tag, gnädige Frau. Wissen Sie, ob es im Dorf irgendwo ein Telephon gibt?" „Ja, es gibt ein Telephon im Dorf. Da drüben, in dem großen Haus neben dem Sägewerk, bei der Familie Voigt. Sie können mit uns gehen, wir sind da zu Hause. Komm Junge, gib mir deine Hand."

„Ich will aber noch hier bleiben, Mama!"

„Na gut, du kannst ja nachkommen."

„Darf ich mal in die Lokomotive?" Der Schaffner lächelt.

„Du willst bestimmt auch mal Lockführer werden?"

„Ja, bestimmt, wenn ich erst mal groß bin."

In der Lock ist es ganz warm. Überall Stangen, Rohre, Hebel, Uhren, und oben zwei Haltegriffe.

„Wie in der Straßenbahn in Hamburg." erkläre ich dem Schaffner.

„So ähnlich schon. Aber der da ist für die Pfeife, und der für die Bimmel. Da darfst du aber erst dran ziehn und bimmeln, und pfeifen, wenn du ein richtiger Lockführer geworden bist."

„Schade. Wozu sind denn die vielen Uhren da, wenn sie doch alle verkehrt gehen?" Eine zeigt 120 Uhr an, eine 0 Uhr, die 35

Uhr und die da 7 Uhr. „Die hier könnte vielleicht richtig gehen, ist ja schon Abend."

„Irgendwie hast du schon Recht Junge. In dieser Zeit tickt wohl so manche Uhr nicht mehr ganz richtig. Das sind aber auch keine Uhren für die Zeit. Nur diese. Und die geht sicher richtig. Woll´n mal vergleichen."

An einer silbernen Kette zieht der Schaffner seine Taschenuhr aus der kleinen Tasche, oben in seiner Hose, und guckt auf das Ziffernblatt.

„Es ist exakt 19 Uhr 2 Minuten und 43 Sekunden."

„Quatsch, Herr Schaffner, da steht doch auch nur sieben!"

„Nun ja, aber abends ist sieben eben neunzehn Uhr."

„Das stimmt ja nicht! Beide Uhren gehen doch höchstens nur bis zwölf!"

„Ja, zwölf ist aber erst Mittag, und eins ist dann dreizehn."

„Meinetwegen. Und wofür sind die anderen Uhren da?"

„Diese hier, zeigt an wie heiß das Wasser im Kessel ist, hundertzwanzig Grad. Und die, ob genug Dampf im Kessel ist, damit die Lock auch fahren kann. Und die hier ..."

„Was machst du denn wenn der Zug bald ganz eingeschneit ist, und erst im Frühling weiterfahren kann?"

„Das wär schön!" lacht der Schaffner. „Dann könnte ich bis zum Frühling Urlaub machen!"

Endlich kommt Mama mit dem Lockführer zurück, und ich hab Hunger und will nun doch mit ihr nach Haus.

Dicke Flocken sinken sachte auf uns herab. Den Zug sehen wir wohl noch, aber das Dorf hat sich in der Nacht versteckt. Am Zug entlang ist der Weg leicht zu finden, und hinter dem letzten Wagen muß ja gleich die Landstraße sein.

Da, die Autospur ist schon halb zugeschneit. Am Straßenrand gegenüber steht der singende Holzmast der Überlandleitung, an den ich immer mein Ohr drücke und seiner geheimnisvollen Fernwehstimme lausche: sirrrrrr summm wawawooowiiiiisiüüei-eiasumm. Nur nicht jetzt wo er so kalt ist. Im Sommer stinkt er nach sowas wie Teer, daß es in der Nase beißt. Jetzt steht er da in den sinkenden Flocken, und es riecht nach Schnee, zum trinken frisch.

Ich lege den Kopf zurück, mache den Mund weit auf und fange eine dicke Schneeflocke die nach Himmel schmeckt. Unter uns rauscht das Wasser am Wehr. Wir geh´n auf der Brücke über die Schwarza. Das Dunkel hüllt uns ein. Und sanft herabschwebende Flocken. Nichts sonst ist mehr zu sehen. Kaum noch die tiefen Autospuren im Schnee. Sie biegen ab, wohl zum Dorf. Es muß Voigts Lastwagen gewesen sein. Es gibt ja sonst kein Auto hier.

Langsam folgen wir den Spuren. Matt schimmert ein graues Band neben uns. Es ist der Schnee auf dem Geländer, am Rande der Straße, über dem dunklen Wasser der Pferdetränke. Hier ist die Schwarza so tief, daß Pferde da schwimmen können. Doch nichts davon ist zu sehen. Mit Mama allein in flock-entaumelnder Nacht, und dem Rauschen vom Wehr. Ob wir das Dorf noch finden? Ob es wirklich Voigts Auto war, dessen Spuren wir folgen? Tatsächlich, hier ist das Auto links abgebogen. Wieder ein Geländer mit Schnee. Die kleine Brücke über den Breitenbach.

Im Sommer geht immer mal Einer durch´s Dorf und ruft so laut, daß es jeder hören kann: „Daß mir keiner in den Breitenbach scheißt, morgen wird gebrauet!"

Wenn man nämlich in den Bach macht, braucht man kein Papier zum abwischen, das geht dann auch mit Wasser ganz gut.

Endlich! Rechts ein Haus, mattgelbes Licht in den Fenstern, und links die kleine Scheune, hinter der die Treibe bis zum Wasser runter geht und mitten durchs Dorf den Berg hoch, wo ich morgen Schlitten fahren will.

An der Ecke ist auch schon Willis Konsumladen. Der hat manchmal Anisbonbons oder Waffelbruch oder wenigstens saure Gurken. Nun kommt das Haus, wo Tante Anna und die Birnstiels wohnen. Und nebenan Tante Toni, die mir immer ein leckeres Schmalzbrot macht. Da ist unser Haus. An den dicken, runden, roten, Säulen vorbei, gehn wir in die Haustür rein. Die Treppe hoch kommen wir in den Flur von Familie Voigt, wo auch das Klo ist, und das Telephon. Unsere Treppe hoch, ist oben mein Papa, mein kleiner Bruder Eckart, meine ganz kleine Schwester Karin und der dicke alte Kater Mau.

Als ich noch ganz klein war, und Mau noch nicht so dick, hat Mama mal einen Christstollen gebacken und ich hab genau aufgepaßt, wie das ging. Erst hab ich den Mau mit Niveakreme eingeschmiert. Das war die Milch. Dann Rosinen in die Nivea gesteckt und Mehl darüber gestreut.
Der Küchenherd aus Eisen und Emaille war schön heiß, doch wollte die Backofentür einfach nicht aufgehn. Da hab ich dann den Kohlekasten, wo aber immer nur Holz drin war, auf seinen kleinen Rädern von unterm Herd rausgezogen, meinen schönen großen Christstollen da reingelegt und zum Backen unter den Herd geschoben.
Als Mama dann nach Hause kam, konnte sie Mau erst nicht finden. Der miaute nämlich ziemlich. Ich hab Mama dann gesagt, daß der jetzt ein Christstollen ist und gerade gebacken wird. Da hat Mama auf einmal gewußt wo Mau ist, und hat sich ziemlich gewundert, daß ich schon Kuchen backen kann.

In der Küche hat Papa den Tisch gedeckt, daß wir gleich Abendbrot essen können. Hier ist es schön warm und gemütlich, und riecht so gut nach Harz und Tannenholz, das im Herd knistert und knackt. Und der Kessel, mit dem Wasser für die Wärmflasche, singt dort leise vor sich hin.

Heute darf ich im Rauschezimmer schlafen. Draußen ist der Wasserfall vom Mühlbach. Der rauscht so laut, daß man es im Zimmer gut hören kann. Das Bett ist eklig kalt, aber Mama hat mir die Wärmflasche schon reingetan. Husch, unter das weiche Federbett, die Wärmflasche auf den Bauch, die Beine angezogen – warten daß es warm wird. Hier, unter der Decke, hört sich das Rauschen von weit weg an.

Gott hat mir doch erzählt ... dabei lügt Gott doch bestimmt nicht. Und trotzdem. Ob seine beiden Rabenkinder wohl wirklich die schönsten Kinder gewesen sind? Die es je gegeben hat?

Wie sie sich da aneinander kuschelten, in ihrem Nest hoch oben im Wipfel der alten Eiche, und im Licht der Morgensonne „Lieber Gott" zu ihm gesagt haben?
Kann „raab, raab" denn wirklich „lieber Gott" heißen?
Und können so schwarze Vögel denn überhaupt schön sein? ...
Vielleicht müßte ich selber Gott sein, um das zu wissen. Mit Gottes Augen könnte ich vielleicht sehen, wie schön sie wirklich sind.
Oder wenn sie hier bei mir im Bett wären, vielleicht ja auch.

Wenn ich aber an meine Freundin Erickelchen mit der Rotzglocke denke ... die ist ja nicht besonders schön. Dauernd hängt ihr Rotze aus der Nase. Wenn sie barfuß geht, hat sie schmutzige Füße, und ihre Hände sind meistens auch nicht sauber. Dafür hat sie aber einen schönen Misthaufen hinterm Haus, in dem die Wirtsstube ist, wo es manchmal Fliegerbier gibt, das ganz gut schmeckt. Und vor ihrem Haus ist die große Dorflinde, in der im Sommer viele Bienen rumsummen. Einmal hab ich auch gesehen wie sie sich oben auf ihren Misthaufen gehockt und gemacht hat, ohne daß ich was gesehen hab, weil sie ihr Kleid darüber hatte. Das war schon was! Aber besonders schön ist sie trotzdem nicht.

Das Rauschen des Wasserfalls, jetzt ganz nah. Es hört sich an wie die Flügel vieler kleiner Vögel im Wind, und ich seh wie sich Paul die Forellen in der Badewanne anguckt, mit seinen hungrigen Augen. Seine lange Nase schnuppert nach den Fischen, wobei er die großen gelben Zähne fletscht. Brrrrr! Wie häßlich Paul doch ist! Und stellt sich nur vor, wie die Forellen in der Bratpfanne brutzeln, und weiß gar nicht, daß die viel, viel schöner sind als er!
Eine Forelle blickt aus der Badewanne zu mir auf, wedelt mit ihren Flossen und ... gleitet unter die Wurzeln einer Erle am Ufer der Schwarza. Auch ich hab Flossen und einen schlanken Körper, an dem das Wasser entlang streichelt, in meinen Mund fließt und so angenehm durch meine Kiemen rieselt. Und mit einmal weiß ich – mein lieber Freund ist wieder da – die Forelle neben mir, ist Gott!

Er sieht mich an, aus dem einen Auge seines schönen Forellengesichts, und sagt: „Hallo, kleiner Fisch! Du weißt doch wer ich bin?"

„Ja, lieber Gott! Du bist jetzt aber viel schöner als letztes Mal!"

„Pappalapapp, ich bin immer schön, egal wie ich aussehe, ich bin doch die ganze Welt! Sieh doch, das Wasser hier, wie kühl und klar und schön das ist, und wie köstlich es schmeckt, und das Wasser bin ich doch auch!"

„Bist du denn auch ich?"

"Eh,...... ja,..... hm,........ich weiß ja alles. Aber das ist nun wirklich eine sehr schwere Frage........"

„Aber vielleicht wenigstens ein bisschen, hast du doch gesagt, als du noch eine Bombe warst."

„Bin ich doch jetzt auch, und auch ein bisschen du. Da ist aber noch was anderes in dir, das so verzwickt ist, daß ich es nicht begreifen kann, weil es sich immer mal verändert, während ich bleibe was ich bin, weil ich ja schon alles bin. Ach Fischkind, daß du jetzt eine Forelle bist geht ja auch nur, weil etwas von mir in dir ist. Wollen wir nicht Verstecken spielen, solange wir noch Fische sind?"

Bei mir weiß Gott wohl wirklich nicht weiter. Und nun ist er weg. Und ich soll ihn suchen.

Sachte gleite ich durch einen wedelnden Wasserpflanzenwald, fühle zartes grünes Streicheln an meinem Gesicht und schwebe über Kiesgrund dahin, zu einem großen Stein.

Aus dem Dunkel einer Höhlung, unter dem Stein, kommen kleine blaue Perlen auf mich zu und gleiten an mir vorbei. Sie perlen aus den Augen der Fische, die dort zu Hause sind.

„Darf ich zu euch?" frage ich vorsichtig, und, „warum weint ihr denn?"

„Wir weinen um unseren lieben Papa." flüstern viele traurige Stimmen. „Im Sommer hat ihn die Böse Hand geholt."

Die Böse Hand ... meine Hand?!

„Du weinst ja auch lieber Fisch." wundert sich die Fischmutter. „Was hast du denn für Kummer?"

„Ach du arme Fischmutter! Könnte ich deinen lieben Mann doch wieder lebendig machen!"

Da fängt der Stein an zu sprechen: „Nichts kannst du lebendig machen! Das einzige was du hier noch tun kannst ist, den Kindern ein liebender Vater zu werden und die arme Mutter zu trösten, so gut du kannst. Bedenke aber, solltest du diese arme Witwe gar heiraten, wirst du bis an dein Lebensende ein Fisch bleiben!"
„Ja, lieber Gott, ich will jetzt immer ein Fisch sein!"

Der Stein wackelt hin und her. Gott versucht da wieder rauszukommen. Es ist aber wohl ein sehr harter Stein. Wasser schwappt über ihn hin, und rauscht, erst leise, dann immer mehr.
Durch die Eisblumen am Fenster leuchtet ein blauer Stern. Erst denke ich, daß es eine Träne der kleinen Fische ist. Dann aber weiß ich, es ist Gott der zurück im Himmel ist, und nachschaut, ob ich auch wieder in mein Bett gefunden hab …

Paarmal bin ich schon mit dem Schlitten die Treibe runtergefahren, und hab immer noch an der Schwarza, wo der Schnee ganz tief ist, mit den Hacken gebremst.
Gestern ist da ein kleiner Junge, der nicht so gut bremsen kann, reingefahren, und weggeschwommen. Mein Papa hat gerade am Bahnhof auf die Eisenbahn gewartet. Schnell ist er dann in die Schwarza gerannt und hat den Jungen aus dem eiskalten Wasser geholt. Seine Eltern haben sich aber gar nicht gefreut; sie hätten sowieso zu viele Kinder, und zu wenig zu essen, haben sie mit meinem Papa geschimpft. Der hat ihnen dann noch Geld gegeben, für ein Brot und eine Wurst.
Die Eisenbahn ist ohne Papa weitergefahren. Der war ja auch ganz naß.

Neben dem Haus, wo der Junge wohnt, ist Eis auf der Fahrbahn. Da geht es ganz schnell runter.
Jetzt kommt eine Frau, mit zwei großen Emailleeimern voll Wasser aus der Schwarza, da hoch … mitten auf der Eisbahn.

Da kann keiner lenken, auf dem Eis. „Baaane! Baaane!" schrei ich noch und fahre, bumm, eien Eimer um.

Mein Gesicht blutet, daß ich fast sterbe, und muß im Bett liegen und auf den Doktor warten. Der schüttelt den Kopf und holt, mit einem Brennglas und einer Pinzette, viele Emaillesplitter aus meiner Nase raus. Aua, aua, tut das weh!, wär ich doch bloß in Hamburg geblieben!

*

Einmal kamen zwei Männer in unsere Wohnung. Sie sahen sehr fremd aus, in ihren langen schwarzen Mänteln aus Leder, die sie anbehielten, obwohl es bei uns schön warm war. Ich wollte, daß sie gleich wieder gehen. Aber sie schickten Mama mit mir in die Küche, und blieben lange mit Papa in der Stube.

Papa hatte nach dem ersten Weltkrieg dem Freikorps Roßbach angehört. Später wurde er Parteigenosse. Voller Ideale für das "Neue Deutschland" war er Lehrer am Fröbel-Gymnasium in Keilhau. Als seine Schulklasse, mit Ausnahme der drei jüdischen Schüler, geschlossen in die Hitlerjugend aufgenommen werden sollte, lehnten es seine Schüler ab, unter dieser Bedingung der Hitlerjugend beizutreten. „Alle oder keiner!" waren sie sich einig.
Voller Stolz auf seine Jungen, meldete mein Papa dem Schulleiter deren Entscheidung. Darauf wurde der Arglose in die Dorfschule in Schwarzmühle strafversetzt. Dort unterrichtete er die Schulkinder aller Jahrgänge in einem Klassenzimmer. Nun wurde für die Mittelschule in Bremen - Blumenthal ein Deutschlehrer gesucht. Die beiden Männer, von der Gestapo (Geheime Staatspolizei), verhörten meinen Papa um zu ergründen, ob seine politische Gesinnung es erlaubte, ihn als Lehrer an die Schule in Blumenthal zu versetzen. Mein Papa durfte dort Lehrer werden. Die kleine Dorfschule in Schwarzmühle wurde geschlossen, und Papas Schulkinder

mußten nun den weiten Weg zu der Schule in Meuselbach gehen.

Damals hatten wir noch einen VW Kabriolett, der später in den Krieg mußte, wie unser Schäferhund Rolf auch. Noch viel früher war es, als mich der Klapperstorch nach Schwarzmühle bringen sollte. Der war aber gerade in Afrika weil er hier keine Frösche mehr finden konnte, in dem vielen Schnee, am 14. Januar 1936. Außerdem hätte er meine Mama auch gar nicht finden können, in der dunklen Nacht. Darum mußte ich nun alleine kommen.

Zum Glück war ich gerade im schönen warmen Bauch in meiner Mama. Als sie merkte, daß ich rauskommen wollte, ist Papa ans Telephon, um die Hebamme zu rufen. Doch die Telephonleitung war von dem vielen Schnee kaputt und die Hebamme war weit weg, auf dem Berg, in Meuselbach. Papa hat sich dann seine Skier angemacht, die Petroleumlampe angezündet, und ist mit ihr zur Hebamme gefahren.

Aber so lange wollte ich nicht mehr warten, bis Papa die Hebamme bringt. Mama hat mir dann erzählt, daß das Licht einer Kerze, und Rolf der Schäferhund mich als erste auf der Welt gesehen haben.

Eh´ ich das noch vergeß, weil es auch schon so lange her ist, und ich noch so klein gewesen bin; da hatte ich nie was an, im Sommer, wenn es warm war in der Sonne, und im Regen, und als ich Oma Hambum (Hamburg) mit dem Regenschirm von der Bahn abholen sollte hatte ich auch nichts an.

Über mir trommeln dicke Regentropfen auf den Schirm und in die große Pfütze, daß es spritzt. Und ich lauf und tanz und plansche durch die Matschpfützen, bis ich naß und matschig bin und Oma schon kommt – die aber gar nicht mit mir planschen will, und schnell durch den Regen ins Haus läuft. Schade!

*

Beim Freibad, auf der Wiese, sitzen zwei Tanten im Gras. Ein gelber Schmetterling fliegt auf sie zu. Ich hinterher.

„Schämst du dich nicht, so nackt hier rumzulaufen?!" quakt mich die eine an.

„Nee, warum?"

„Warum ich dir gleich was wegguck!" droht die mit der Sonnenbrille, und guckt böse auf meinen Lingel. (Schlingel, weil er manchmal daneben schtrullt.) Den brauch ich aber noch, gerade jetzt, wo ich so nötig muß.

Der Schmetterling ist weggeflogen, und ich lauf auch schnell weg, in die Büsche, und mach einen großen roten Pilz, mit weißen Tupfern drauf, ganz naß.

Geschämt hab ich mich dann doch noch, für die Tanten, weil sie zu mir so häßlich waren.

Jetzt bin ich schon fünf, und wir fahren endlich nach Bremen, wo in Blumenthal unser Haus ist, und Papa seine Schule. Jeden Tag geh ich mit meinem kleinen Bruder Eckart zum Wasserturm, wo unten drin der Kindergarten ist. Auf dem Weg dort-hin klingeln wir an dem Haus, wo Bodo wohnt. Der geht dann mit uns in den Kindergarten. Da sind viele Kinder. Und Fräuleins, die auf uns aufpassen. Fräulein Malufius ist schon eine richtige Frau, und ganz lieb.

Als ich heute lange geklingelt hab, und Bodo immer noch nicht kommt, geh ich mit Eckhart ohne ihn in den Kindergarten. Fräulein Malufius erzählt uns dann daß Bodo plötzlich krank geworden ist, und vielleicht sterben muß. Dabei kann sie mir nicht in die Augen gucken, und sieht an mir vorbei, daß ich Angst krieg.

Auf dem Heimweg klingeln wir nochmal, weil wir den armen Bodo besuchen wollen. Aber keiner macht die Tür auf – als ob da niemand mehr wohnt.

Heute marschiert die Hitlerjugend auf der Feldstraße und singt schöne Lieder. Ganz vorne haben sie große Trommeln vor dem Bauch, mit lauter roten Flammen drauf. Dahinter blasen sie in goldene Trompeten. Mein Bruder und ich gehen mit vielen

Kindern hinter ihnen her, bis wir uns verlaufen haben. Zum Glück ist da aber ein Schutzmann, der uns doch noch in den Kindergarten bringt.

In der Nacht wachen wir alle auf, weil die Sirenen so laut heulen, und wir schon wieder in den Keller müssen. Da kann aber keiner weiterschlafen, wo es in der Erde unter dem Keller so laut donnert.
Ich liege in dem Bett oben, über dem Bett da drunter. Da donnert es ganz fürchterlich, direkt im Keller, und mein Bett hüpft hoch und wirft mich in die Kohlen.
Das Haus gegenüber ist eingestürzt. An den Trümmern klebt Blut und Fleisch von Anke und Felix und deren Mama und Papa. Zum Glück! Sonst wär die Bombe wohl auf uns gefallen.

Heute hab ich nochmal bei Bodo geklingelt, weil wir morgen wieder nach Schwarzmühle wollen, wegen der vielen Bomben. Da hat ein fremder Mann die Tür aufgemacht und gegrinst, und gesagt: „Die sind weg …“

*

Endlich sind wir wieder in Schwarzmühle. Nur Papa ist in Bremen bei seiner Schule und den Bomben geblieben. Hier ist es auch viel schöner. Die Weser, die an Blumenthal vorbeifließt, ist so groß, daß da Dampfer drauf schwimmen, die oft größer sind als ein Haus. Und wer da reingeht, kann leicht ertrinken. Das geht in der Schwarza nur bei der Pferdetränke, und unter dem Wehr, wo das Wasser runterfällt und auch tief ist. Oder wenn der Schnee schmilzt und Hochwasser ist. Dann ist das Wasser aber so kalt, daß da sowieso keiner reingeht.
Aber jetzt im Sommer geh ich jeden Tag in die Schwarza, wo ich Umleitungen mach und Teiche baue und blaue, rote, gelbe und grüne Glasscherben finde, die nur dann so schön bunt leuchten, wenn sie noch naß sind.

Manchmal guck ich auch zu wie die Sägen im Sägewerk aus ganzen Baumstämmen der Tannen Bretter sägen. Ganz schnell gehn die großen Sägen mit den scharfen Zähnen rauf und runter; hasse, hasse, hasse, und beißen in das Holz, und machen einen Lärm!

Die großen alten Treibriemen aus Leder schlenkern wie Riesenschlangen durch die Luft und klappern über die Speichenräder aus Eisen. Opa Adelbert hat mir erzählt; die drehen sich von dem Strom, den die Turbine im Wasserfall unter dem Rauschezimmer macht. Den hab ich aber noch nie gesehn. Nur riechen kann ich ihn gut, wenn ich an dem elektrischen Motor schnupper, der so hoch singt, und auch noch nach Öl und Eisen riecht. Am meisten riecht es hier aber nach Holz und Harz und Sägewerk.

Oft geh ich zu Lisa in den Kuhstall, wenn Wallau sie melkt. Und in den Schweinestall, und den Hühnerstall, wo Eier in den Nestern liegen.

Der Metzger holt das Schwein aus dem Stall, weil es geschlachtet werden soll. Es will aber nicht, und quiekt und schreit und hat Angst, und hört sich an wie: „Nein! Nein! Ich will nicht! Nein, nicht schlachten!"

Sonst macht es immer nur „ruff, ruff, ruff" und frißt und scheißt und stinkt – das dumme Schwein – und es geschieht ihm ganz recht, wenn es endlich mal geschlachtet wird.

Weil es immer weglaufen will, halten Paul und Harry es an den Hinterbeinen fest, und der Metzger stellt ihm was auf den Kopf, daß es umfällt, und nicht mehr schreit. Tante Voigt bringt eine große Emailleschüssel, die sie dem Schwein unter den Hals hält. Als der Metzger den Hals aufgeschnitten hat, kommt da ganz viel Blut raus, bis die Schüssel voll ist. Nun hebt er mit Paul und Harry das schwere Schwein in eine Wanne, und Tante Voigt gießt viel heißes Wasser drüber. Dann nimmt der Metzger seine Blechtrompete, und schabt dem Schwein damit die Borsten ab, bis es ganz nackt ist, und man seine vielen Nuckel auf dem Bauch sieht. Nun bindet der Metzger das Schwein mit den Hinterbeinen an einer Holzleiter fest und lehnt sie mit Paul so an die Hauswand, daß der Kopf vom Schwein nach unten hängt. Jetzt nimmt er sein blutiges Messer, sticht es dem Schwein hinten rein und schneidet den ganzen Bauch auf, daß die Gedärme raushängen. Es fühlt sich an, als ob er das bei mir macht. Ich glaub ich muß gleich kotzen, und lauf schnell weg.

Am Abend, im Bett, kann ich erst nicht einschlafen, weil ich Angst vor dem Metzger hab. Dann träum ich davon, daß ich ein Baby schlachten will, und hab Angst davor, daß es auch gleich schreit.

Auf der Dorfwiese sind ganz viele Menschen. Die sitzen da im Gras, und sehen ganz komisch aus, und sagen gar nichts. Nur die Kinder laufen rum und fragen mich, ob ich Brot hab. Ich hab aber keins, und geh lieber wieder weg, weil die Kinder jetzt weinen, und nicht mit mir spielen wollen.

Die Luft im Dorf ist grau. Kein Mensch ist da. Nur Soldaten, die keine Gesichter haben, schleichen da rum. Ich hab Angst und will in ein Haus. Aber keine Tür geht auf, und die Fenster sind mit Brettern zugenagelt. Riesengroße Sägen tanzen und springen jetzt über die Häuser, mit schauerlichem Sägenheulen: wuiiiii wauwiiiwa ijijiji jiwaujiii und wollen mich zersägen. Ich will weg, komm aber nicht vom Fleck. Da schrei ich, und wach auf, und es ist stockdunkel im Zimmer.

Die Tür geht auf. Mama macht Licht, setzt sich zu mir, und fragt: „Hast du schlecht geträumt?" „Die bösen Sägen wollten mich zersägen. Schlafen die Kinder auf der Wiese jetzt im Gras?" „Ja, die schlafen unter den Sternen. Möge der Himmel sie behüten."

*

Jetzt bin ich auch schon so groß, daß ich alleine auf die Straße darf, wo manchmal ein Auto vorbeifährt. Und in die Wiesen, zu den vielen Blumen und Schmetterlingen und in den Wald, mit den großen Tannenbäumen. Wenn es dunkel wird, muß ich aber rein, weil mich sonst der Nachtrabe holt. Vor dem hab ich große Angst.

Einmal war ich mit Wirts Erika so lange im Wald, daß es schnell dunkel wurde. Aber ihre Oma war schon gestorben, und auf einem Stern im Himmel, und hat auf uns aufgepaßt. Als die beiden Nachtraben dann über uns geflogen sind, haben sie nur raaab, raaab, raaab gerufen, und sind in den Wald geflogen. Omas Stern haben wir gesehen. Nur die Oma nicht. Sie hat aber trotzdem auf uns aufgepaßt.

Heute darf ich in dem Zimmer mit dem Balkon schlafen. Die Tannenbäume am Berg, hinter der Schwarza und der Bahn, sehen jetzt wie Wichtelmänner mit Kapuzen aus, die sich Märchen erzählen, und sich langsam aufeinander zu, und hin- und her wiegen. Ich hör ihnen zu, bis ich ganz müde werde, und eingeschlafen bin.

Die Treppe runter ist der lange Flur mit dem Telephonhäuschen aus dunklem Holz am Ende, und am anderen Ende ist das Klo mit der Badewanne, in der Paul manchmal die Forellen schwimmen läßt, und daneben schon die Küche. Die gehört Tante Voigt, und Paul gehört ihr auch. Das ist nämlich ihr Mann. Der sitzt aber nur mürrisch im Sofa und wartet darauf, daß das Mittagessen fertig ist. Mit dem rede ich auch nicht. Und darum heißt er auch nur Paul, und nicht Onkel Voigt. Er ist gar nicht lieb, und gibt mir trotzdem, immer kurz vor dem Mittagessen, ein Wurstbrot, damit sich meine Mama ärgert, weil ich dann schon satt bin, wenn Mittag ist. Da soll ich dann mal gesagt haben: „Alte timmt, Wuschtbrot wech!"

In der Küche steht ein großer Herd mit einem Backofen für Kuchen und Brot, und einer Wanne, in der das Wasser immer heiß ist. Auf dem Herd sind viele Eisenringe, die man rausnehmen kann. In den Löchern ist dann das Feuer auf das Tante Voigt die Kochtöpfe stellt, damit sie schnell kochen. Das blubbert und brodelt und singt, und riecht gut nach Braten und Klößen und Kräutern.

*

Wieder ist Frühling, und ich bin noch größer geworden und schon sechs. Ostern soll ich endlich in die Schule. Die ist aber weit weg. Ganz oben auf dem Berg, in Meuselbach. Es dauert fast eine Stunde bis dahin. Darum bau ich jetzt ein Flugzeug, mit dem ich dann zur Schule fliegen will. Natürlich auf dem Dach vom Schuppen, weil es da schon in der Luft ist, und besser losfliegen kann.
Für den Rumpf hab ich drei große Bretter. Das breite kommt nach unten. Die anderen nagele ich an die Seite dran. Hugo und Berni helfen mir dabei. Die wollen dann auch mitfliegen. Vorne nageln wir große Flügel drauf und hinten kleine. Dann ist das Flugzeug fertig, und richtig schön, und sieht aus, als ob es gleich losfliegen will. Zur Probe will ich schon mal über's Dorf fliegen, und setz mich vorne rein. Hugo und Berni schieben von hinten. Das Flugzeug rührt sich aber nicht. Da steig ich wieder aus, und helf den beiden schieben. Nun geht's auf einmal ganz leicht. Jetzt ist das Flugzeug schon halb in der Luft, und ich setz mich wieder rein. Endlich fliegt es los … mein Mund ist voll Feuer. Es brennt fürchterlich. Das Flugzeug ist abgestürzt, hab mich in die Zunge gebissen, und aus meinem Mund läuft lauter Blut …

*

Ich glaub ich bin verliebt. Heimlich verliebt. In Lotte. Niemand darf es wissen. Auch Lotte nicht. Und ich weiß nicht mal, warum es niemand wissen darf. Dafür weiß ich aber genau, warum ich Lotte so liebe: so'n bisschen ist sie ja eine Prinzessin. Wo sie doch im Waldfrieden wohnt. Und der ist ja ein Schloß, mit seinen Erkern und Türmchen. Und dann hat sie auch noch einen Purzelkorb mit einem kleinen Hund drin. Dem einzigen Hund, den es im Dorf gibt.

Heute ist die Hitlerjugend in den Waldfrieden gekommen. Ein Hitlerjunge hat eine richtige kleine Bombe. Von oben auf dem Kiosk, läßt er sie runterfallen, daß sie unten kracht. Nun macht er sie vorne auf, tut ein Zündplättchen rein und wirft sie hoch. Unten knallt sie dann wieder.
„Ich möchte auch ein Hitlerjunge sein und so eine Bombe haben." sag ich zu ihm. Da macht er sich ganz groß, sieht mich von oben herab an, und sagt:
„Da mußt du erst viel größer werden. Knirpse, wie dich, können wir bei uns nicht gebrauchen." Als er sieht, daß mir Tränen kommen, meint er noch: „Und Heulsusen schon gar nicht."

Wie ich dem großen Harry das erzähl, sagt er: „Ich mach dir was viel schöneres, komm mal mit." In der Schlosserei findet er einen großen alten Schlüssel. Da macht er einen Bindfaden dran, und das andere Ende an eine dicke Schraube. Dann pult er den Kopf von einem Streichholz ab, und stopft ihn in den Schlüssel, und steckt die Schraube auch noch rein. „So, paß mal auf!" sagt er, und nickt mir lächelnd zu. Nun hält Harry den Bindfaden so, daß der Schlüssel waagerecht runter hängt, und schwingt ihn, mit der Schraube voran, gegen die Wand. „Nochmal." sagt er, als weiter nichts passiert. Jetzt holt er richtig aus, und diesmal landet der Schlüssel mit einem Knall an der Wand. „Ooooh", sage ich. „das ist ja eine richtige Kanone. Was du alles kannst!"

„Das kannst du doch auch, hier, mach!" Ob ich wirklich auch mit dieser Schlüsselkanone schießen kann? Es dauert, bis ich das Schießpulver von dem Streichholz ab hab, und in den Schlüssel stecken kann. Harry hat auch noch von einem Streichholz das Pulver abgemacht, und tut es mit in den Schlüssel. Paarmal hau ich den an die Wand. Der will aber nicht schießen. Und jetzt, bummm! War das laut! Und es riecht richtig nach Schwefel! „Na also, es geht doch. Du kannst die Kanone behalten. Und die Streichhölzer schenk ich dir auch."

Nun sind die Tränen vergessen. Von der Straße, die nach Katzhütte geht, kommt rasselndes Brummen. „Das sind Panzerwagen." sagt Harry noch, und geht ins Haus. Wie die wohl aussehn? Schnell lauf ich zur Landstraße, über die Bücke und Bahnschienen zum Waldfrieden.

Die Hitlerjungen haben die Panzerwagen auch schon gehört, und warten dort auf sie. Der Junge mit der Bombe grinst übers ganze Gesicht und ruft: „Da kommt der Hosenscheißer ja schon wieder!"

„Ich hab jetzt aber eine Kanone, bäh!"

„Zeig mal her!"

„Da!"

Der Junge läßt die „Kanone" lässig an dem Bindfaden pendeln, und meint: „Der rostige Schlüssel soll eine Kanone sein? Daß ich nicht lache!"

Dabei sieht er ihn sich an, tut so, als ob er ihn wegwerfen will und sagt: „Das ist jetzt meiner, zieh Leine, du Knirps!"

Was er mit der Leine meint, versteh ich nicht, und wieder kommen Tränen. Dann werde ich wütend, schrei ihn an: „Arschloch!" und trete ihm ans Schienbein.

„Aua, das kriegst du wieder!"

All die Jungens stehn im Halbkreis, und sind gespannt, wie es nun weitergeht.

Von ihnen unbemerkt, hat sich ein großer Hitlerjunge hinter sie gestellt. Einer bemerkt ihn nun und schreit: „Achtung!" Hacken klappen. Alle stehen stramm, die gestreckten Hände an der Hosennaht. Nur eine Hand ist nicht gestreckt – sie hält den Bindfaden, an dem der Schlüssel hängt.

„Was geht hier vor?"

„Der hat mich getreten."

„Das hab ich gesehen." Und, indem er sich mir zuwendet: „Warum hast du den Jungen denn getreten?"

„Weil der mir meine Kanone nicht wiedergeben will."

„Welche Kanone?"

„Die da, an dem Bindfaden."

„Stimmt das?" Der Junge druckst rum. Und lauter: „Ich höre!"

„Ja, Scharführer."

„Dann gib sie ihm zurück, und entschuldige dich!"

„Da, tut mir leid Kleiner."

Jetzt donnert ihn der große an:

„Das ist kein Kleiner! Das ist ein deutscher Junge, der dir noch mal den Arsch aufreißen wird, wenn er erst bei uns ist. Das heißt: tut mir leid Kamerad! Verstanden?"

„Jawohl, Scharführer! Tut mir leid Kamerad."

Wie ich mich freue, wo ich doch jetzt auch schon fast ein Hitlerjunge bin! Nun fragt mich der Scharführer: „Zeigst du mir deine Kanone mal?" Er sieht sie sich von allen Seiten an, riecht an dem Loch und fragt: „Kannst du damit denn auch schießen?"

„Ja, ganz tüchtig!"

„Das möchte ich gerne mal sehen."

Als ich meine Kanone paarmal an den Waldfrieden gehauen hab, und es endlich laut knallt, klatschen alle in die Hände. Und der Scharführer sagt: „Du wirst mal ein rechter Hitlerjunge, und später, ein tapferer Soldat."

Nun kommt Lotte die große Steintreppe vom Waldfrieden runter. Über ihrem Arm hängt der Purzelkorb mit dem kleinen Hund drin. Ich hatte sie nur einmal gesehen, und dann jeden Tag von ihr geträumt. Aber jetzt, wo ich schon fast ein Hitlerjunge bin, und die Panzerwagen brummen, rasseln und quietschen, und bald da sind, hab ich sie schon ganz vergessen.

Jetzt kommen sie direkt auf uns zu, die großen eisernen Ungetüme, mit ihren langen Kanonen, die drohend auf uns gerichtet sind. Der Scharführer ruft: „Achtung, antreten!" Sofort stellen sich die Hitlerjungen am Straßenrand in einer Reihe auf und stehen stramm. Ich steh auch etwas stramm, als letzter in der Reihe.

Mitten auf der Landstraße halten die drei riesigen Panzerwagen vor uns an. Aus den Türmen gucken die Panzerfahrer in ihren schönen schwarzen Uniformen zu uns rüber, strecken den Arm aus und rufen: „Heilitler!" Der Scharführer und die Hitlerjungen strecken auch, alle gleichzeitig, die Arme aus und rufen:

„Heilitler!" Als alle Arme wieder unten sind, streck ich nun auch meinen Arm aus und ruf: „Heilitler!" Alle Panzerfahrer strecken ihren Arm wieder aus und rufen nochmal: „Heilitler!" und einer fängt an zu lachen und sagt: „Du bist ja der kleinste Hitlerjunge, den ich je gesehen hab."

„Ich werd aber bald groß und hab schon eine Kanone, genau wie du, nur etwas kleiner, aber ganz laut!"

„Wirklich?"

„Ja, hier!"

Nun klettert der Mann von seinem Panzer runter, schüttelt mir die Hand, und sagt: „Du darfst mit uns am Tisch sitzen, kleiner Kamerad." Dann gibt er dem Scharführer die Hand und fragt: „Gibt's hier auch was zu essen, Kamerad?"

„Ja, Kamerad, Erbsensuppe mit Speck."

„Absitzen!" ruft er zu den Panzern rüber. Viele Soldaten klettern, springen herab und gehen mit uns in den Waldfrieden. Da ist ein Zimmer, fast so groß wie das Sägewerk, mit vielen Fenstern und Tischen, und einem ganz großen Tisch. Da setzen wir uns alle hin, so wie wenn ich wirklich schon dazu gehör. Nach der Erbsensuppe trinken wir noch Fliegerbier, wovon man aber nicht betrunken wird. Dann gehen wir zu den Panzerwagen raus. Mein Soldat gibt mir die Hand, schenkt mir eine große Tafel Schokolade, sagt: „Mach´s gut mein kleiner Freund!" und klettert in seinen Panzer rein.

Als die Panzer weitergefahren sind, geb ich dem Scharführer die Schokolade, daß er sie mit seinem Fahrtenmesser kleinschneidet, und jeder ein Stückchen abhaben kann. Die schmeckt ja sooo gut!

Die letzte Schokolade ist schon lange her, und ich war noch ganz klein, und es war gerade Ostern. Da hat der Osterhase Schokoladekaffebohnen auf der Wiese in ein Nest gelegt. Die haben auch so gut geschmeckt. Dann waren da wieder Schokoladebohnen im Gras. Die wollten aber nicht gut schmecken, so sehr ich auch darauf rumgekaut hab. Meine Mama hat sie mir dann alle aus dem Mund genommen. „Das sind doch Hasenködel." hat sie mir gesagt. Damals hab ich noch geglaubt, daß alle Osterhasen Schokoladebohnen legen.

Draußen ist es kalt und Schnee und Eis und dunkel, in der Winternacht, aus der die Schneeflocken langsam auf die Erde sinken. Unsere Stube aber ist warm und hell, von den vielen Kerzen, die im Weihnachtsbaum leuchten. Gerade war der Weihnachtsmann hier. Ich weiß ja schon, daß es den in Wirklichkeit gar nicht gibt, und hab Adelbert auch gleich an seiner Stimme erkannt. Mir hat er die schönsten Geschenke gebracht. Richtige Skier. Und ein großes Segelflugzeug. Das hat Papas Schulklasse in Blumenthal extra für mich gebaut. Mit den Faßdauben, an die Harry Lederriemen genagelt hat, mit denen ich die Schuhe dran binden muß, kann man nie richtig lenken, weil die Schuhe darauf immer hin- und her rutschen. An den Skiern aber, ist endlich mal eine richtige Bindung dran.
Das allerschönste, ist jedoch das Segelflugzeug. Das muß ich gleich Harry und Tante Voigt und allen zeigen! Es ist so groß, daß es nicht durch die Tür paßt. Nur wenn ich es ganz schräg halte. Und auf der Treppe bleibt es wo hängen, daß ich stolpern muß, und mit ihm die ganze Treppe runterfall. Nun sind wir beide kaputt. Ich nur etwas. Das Flugzeug ganz.
Das ist nun schon mein zweiter Flugzeugabsturz. Und obwohl meine Zunge diesmal heil geblieben ist, und die paar Beulen mir nichts ausmachen, ist es doch viel schlimmer, weil es das aller, aller, allerschönste Flugzeug war.

Die Skier fahren so leicht über den Schnee, daß ich an all den Kindern, die langsam mit ihren Faßdauben den Berg runterrutschen, vorbeifahre, und als erster unten bin. Paarmal bin ich über die Sprungschanze gehüpft, und hingefallen. Jetzt geht es schon so gut, daß ich, huiii, wie ein Flugzeug durch die Luft fliege. Dann bin ich selber so leicht, wie Luft, bis ich wieder auf dem Schnee lande.

An meinem Geburtstag bin ich sechs geworden. Da hat Lothar mir einen selbstgemachten Sturzkampfbomber aus Holz geschenkt, und Opa ein scharfes Taschenmesser. Das

Flugzeug ist wirklich ein Sturzflugzeug; wenn ich es oben aus dem Fenster fliegen lasse, stürzt es immer ab. Das Taschenmesser ist so scharf, daß es sogar Holz schneiden kann.

Vor den Häusern liegen überall Weihnachtsbäume im Schnee rum. Mal sehn ob ich daraus einen Quirl für Tante Voigt´s Suppe schnitzen kann.

Endlich hab ich einen Tannenbaum, weiter oben, durchgeschnitten. Die Spitze geht leichter ab. Die Äste unten mach ich kürzer, und schäl die ganze Rinde ab. Tatsächlich ist nun aus der Weihnachtsbaumspitze ein richtiger Quirl geworden! Tante Voigt will erst nicht glauben, daß ich den selbst gemacht hab. Dann sagt sie: „Ich brauch noch einen ganz kleinen, für die Soße, willst du mir den auch noch machen?" „Für diesen will ich aber zehn Pfennige haben, für Bonbons, und für den kleinen dann nur fünf Pfennige, auch für Bonbons."

Mit meinem ersten selbstverdienten Geld geh ich in Willi´s Konsum und leg es auf den Ladentisch. „Für zehn Pfennig will ich Anisbobons, und für fünf Pfennig saure Drops."

„Wo hast du denn das viele Geld her?" fragt mich Onkel Willi, und zählt die Bonbons in eine kleine Tüte.

„Das hab ich für zwei Quirle bekommen, die ich für Tante Voigt gemacht hab. Soll ich für dich auch welche machen?"

„Da bestell ich dann auch gleich zwei. Einen großen und einen kleinen."

Nun bin ich ein richtiger Quirlemacher geworden …

*

Endlich war Ostern, und ich soll heute in die Schule kommen. Da hab ich einen Schulranzen aus Leder mit einer Schiefertafel, einem Schiefergriffel und einem Schwamm drin bekommen. Und eine riesengroße bunte Zuckertüte. Die darf ich aber noch nicht aufmachen, weil ich ja erst in die Schule soll.

Es ist noch ziemlich dunkel, als ich an Bernis Haustür klopfe. Der darf seine Zuckertüte auch noch nicht aufmachen, und kommt mit einem Butterbrot in der Hand raus. Franz wartet schon auf der Brücke vom Breitenbach. Am Waldfrieden vorbei, geht der steile Weg nach Meuselbach rauf. Rechts zieht sich der Tannenwald den steilen Berg hoch, und ebenso links, wo tief unten der Wildbach rauscht. Es ist sehr dunkel, hier unter den Tannen, und dem bisschen Himmel über uns, in dem die Sterne schon verblassen.

„Ob der Lehrer einen Rohrstock hat?" fragt Berni besorgt.

„Natürlich", ist sich Franz ganz sicher. „jeder Lehrer hat einen, und haut jeden, der nicht gleich pariert."

„Mein Vater hat aber keinen, weil seine Schulkinder sowieso parieren." versichere ich.

Als wir oben auf die Landstraße kommen, geht die Sonne gerade über den vielen Häusern in Meuselbach auf. Viele Kinder, mit Ranzen auf dem Rücken, gehen die Dorfstraße hoch und ich frage einen Jungen ob er weiß, wo die Schule ist.

„Du kommst wohl aus Schwarzmühle, und bekommst gleich Dresche, wenn du nicht umkehrst!" droht er, und will mich schlagen. Zum Glück kommt ein starkes Mädchen, schubst ihn weg und schreit ihn an: „Wenn du dem was tust, hau ich dich grün und blau, verstanden?!" und geht mit uns auf dem Weg zur Schule weiter.

Im Klassenzimmer sind viele Pulte an denen zwei Kinder sitzen können. Und neben dem Pult vom Lehrer ist eine große Tafel. Herr Fieber ist unser Lehrer und sehr streng, und wir dürfen nur reden. wenn wir gefragt werden.

Mit einem Kreidestift malt er was an die Tafel und fragt: „Weiß jemand was das ist?"

Jetzt dürfen wir sprechen, aber keiner weiß, was an der Tafel steht. Dann sagt ein Junge: „Ich glaub das ist ein a."

„Das ist richtig. Aber du mußt dich erst, mit der Hand hoch, melden und warten, bis ich dich aufrufe, eh' du was sagen darfst. Und außerdem mußt du erst aufstehen – na wird's bald?

So. Und dazu mußt du immer Herr Lehrer sagen. Hast du das alles verstanden?"

„Ja."

„Das heißt: Ja, Herr Lehrer. Also nochmal!"

„Ja, Herr Lehrer."

„Na also, das geht doch, du kannst dich wieder setzen. Es ist aber nicht nur ein a, es ist auch noch was anderes, wer weiß das?"

Diesmal geht keine Hand hoch und Herr Fieber erklärt: „Es ist auch noch ein Buchstabe, und den sollt ihr jetzt alle auf eure Tafel schreiben."

Ich will Herrn Fiebers a genau abmalen. Es geht ja so schwer – der Griffel kratzt und quietscht, und mein a wird lange nicht so wie das an Herrn Fiebers Tafel, nur ungefähr so groß, wobei es gerade noch auf die Tafel paßt. Nun sieht sich Herr Fieber unsre Buchstaben der Reihe nach an.

„Was ist denn das?" fragt er mich, als er mein "a" sieht. „Das sieht ja aus wie eine verschrumpelte Kartoffel, mit einem Wurm dran. Und ist auch viel zu groß!"

„Dein "a" ist aber auch so groß!"

„Das heißt nicht dein, das heißt ihr!"

„Du bist aber doch keine Frau, bei der man ihr "a" sagt!"

„Gott sei dank nicht! Das sagt man aber trotzdem!"

„Das ist doch aber falsch!"

„In der Schule ist eben manches richtig, was falsch ist, und du mußt ihr oder sie zu mir sagen."

„Du bist doch aber nur einer, da kann ich doch nicht sie oder ihr zu dir sagen!"

„Du bist eben noch ungebildet, und wirst das schon noch lernen."

„Das heißt eingebildet, und das bin ich nun wirklich nicht. Das darf sie nicht zu mir sagen!"

„Gott im Himmel, bist du ein verstockter Junge! Was soll ich bloß mit dir machen?!"

„Gott ist gar nicht im Himmel, der ist nämlich eine Bombe, und der Krieg und so!"

Woher weißt du denn das?"

„Hab ihn doch gesehn, er ist ja mein Freund."

„Wo hast du Gott denn gesehen?"

„In Hamburg, da war er eine Bombe, und in der Schwarza, da war er ein Fisch."

„Na meinetwegen. Das sind ja schon fast altgermanische Vorstellungen. Das kann ich gelten lassen. So, jetzt nimmst du deinen Schwamm, wischst die Kartoffel da weg und übst das "a". Du mußt aber so klein schreiben, daß es zwischen die beiden roten Linien da paßt."

Meine ersten as sind auch noch schief und krumm. Mit den letzten bin ich schon ganz zufrieden, und auch Herr Fieber meint, daß das schon geht. Als die Schule dann endlich aus ist, sagt Herr Fieber:

„Zu Hause schreibt ihr alle hundert "as" auf eure Tafel. Die seh ich mir dann morgen an." Ist das eine blöde Schule! Da geh ich nicht nochmal hin!

Eigentlich wollte ich ja nie wieder in die Schule. Aber ich hatte etwas Sehnsucht nach dem starken Mädchen. Und dann ist da in Meuselbach auch noch ein Konsumladen. Der hat immer saure Gurken, oder wenigstens Sauerkraut, und manchmal sogar Salmiakpastillen. Die kleben wir uns auf den Handrücken und lecken immer dran. Sie halten dann viel länger.

Gestern Morgen hat Mama mir Knoblauch aufs Butterbrot getan. Das hat überhaupt nicht geschmeckt. Ich mußte es aber essen, weil ich nämlich Würmer hab, und die das auch nicht mögen. Papa meint, die kommen von Onkel Jürgens Möhren. Ist aber egal. Abends muß ich mich immer am Po kratzen, weil die Würmer da so schrecklich jucken.

Als ich in die Schule kam, hat Herr Fieber den Knoblauch gleich gerochen, und geschimpft: „Ein Deutscher ißt niemals Knoblauch, weil den die Zigeuner immer essen!" hat er gesagt, und ich mußte die ganze Stunde in der Ecke stehn, mit dem Gesicht zur Wand, und mich schämen.

Die Schulkinder haben mich ausgelacht. Franz und Berni auch. Da bin ich dann alleine nach Hause gegangen. Mama hat dann lieber Knoblauchtee gekocht und mir den mit einer

Gummispritze in den Po gemacht. Nachher waren dann keine Würmer mehr da.

Das war gestern, und ich soll jetzt wieder in die Schule gehen. Franz und Berni sind nicht zu sehn. So geh ich denn alleine den Weg nach Meuselbach hoch. Aus einem Busch am Hang, hoch über dem Weg, hör ich Bernis Stimme: „Da kommt er."

Aus dem Busch fliegt etwas auf mich zu, schlägt an meine Stirn. Sterne tanzen. Meine Hand legt sich auf den Schmerz. Der ist feucht. Blut läuft über mein Gesicht.

Franz und Berni sind nicht mehr meine Freunde. Sie hänseln mich, schubsen mich und stellen mir ein Bein. „Feigling!" nennen sie mich, weil ich vor ihnen weglaufe.

Vor Willis Konsum warten viele Kinder in einer langen Schlange darauf, daß sie drankommen, weil es heute saure Drops zu kaufen gibt. Ich steh ganz hinten, und krieg vielleicht gar keine mehr ab. Jetzt kommt auch noch ein großes freches Mädchen, schubst mich weg, und stellt sich vor mich in die Schlange. Endlich werd ich mal wütend, reiß an ihren Zöpfen, und schlag auf sie ein. Franz und Berni kommen aus der Schlange, und versuchen mich von dem schreienden Mädchen wegzureißen. Blindwütend schlag ich nun auf die beiden ein, bis sie heulend davonlaufen. Jetzt kommt auch noch die Mutter von dem großen Mädchen. Mit beiden Händen hält sie eine Kreuzhacke über ihren Kopf, und schreit: „Ich schlag dich tot!" So schnell ich kann, lauf ich nach Haus.

*

Heute kommen lauter fremde Kinder mit der Bahn. Sie haben ihre Mütter mitgebracht, und winken, als der Zug weiterfährt. Aus den Fenstern winken viele Kinderhände zurück.

„Ich bin Reinhart." sage ich zu dem Jungen, der gerade zwei große Handtaschen aufheben will.

„Ich bin Rolf aus Duisburg."

„Ich kann auch eine Tasche tragen. Willst du jetzt hier in Schwarzmühle bleiben?"

„Na klar! In unser Haus ist eine Bombe rein. Und hier soll noch so viel Platz in der Schule sein, daß wir da alle wohnen können."

„Dann können wir ja Freunde werden."

„Oder sogar Blutsbrüder."

„Was sind denn Blutsbrüder?"

„Das machen die Indianer ..."

Jetzt nehmen die Frauen und Kinder ihre Taschen und Koffer, und gehen hinter Lehrer Purzel her.

„Hier, nimm mal diese Tasche, die ist nicht so schwer."

Rolf und ich waren gleich gute Freunde. Und Elke und Frauke aus Wuppertal unsere besten Freundinnen. Wir gingen zusammen in die Schule, streiften durch den Tannenwald, kletterten im Steinbruch rum, spielten Kriegen und Verstecken, und hatten viel Spaß zusammen.

Eigentlich wollte ich die vielen kleinen Ereignisse, die für uns Kinder schon von Bedeutung waren, den Leser aber nicht interessieren dürften, übergehen. Es gibt aber immer wieder Pedanten und Priemeltöpfe, die alles genau wissen wollen.

Vor allem, belangloses Zeugs, das ihre „Heile Welt" nicht in Frage stellt. Für diese nun zum mitschreiben: Es war Sommer. Dann wurde es Herbst, Winter, Frühling und wieder Sommer, und alles nochmal. Und in diesen zwei Jahren, alles irgendwann: Dann gab es kein Benzin mehr, nur für die guten alten Sturmfeuerzeuge, reichte es gerade noch. So kam dann auf Voigts Lastwagen ein großer runder Ofen. Der machte aus Holz Gas, mit dem der Laster nur sehr langsam fahren konnte. Wenn das Holz vergaßt war, blieb er stehen. Dann ging der Fahrer mit Axt und Säge in den Wald.

Es gab keine Kohle mehr. Und auch die Lokomotiven wurden mit Holz gefeuert. Da flog oft Glut aus der Esse. Erst brannte das trockene Gras am Bahndamm, dann der halbe Wald.

Zucker gab es auch nicht mehr. Da hat Tante Voigt ihre Waschmaschine: ein Ofen mit Ofenrohr, und einem riesengroßen Kessel drauf, angeheizt, den Kessel mit Wasser und Zuckerrüben gefüllt, und tagelang gekocht, bis alles dicker goldbrauner Sirup geworden war.

Geld gab es noch. Nur zu kaufen gab´s nichts mehr, außer Essig und Anissamen. Die haben wir Kinder wie Bonbons gekaut. Pfennige und Groschen haben wir auf die Bahnschienen gelegt und gewartet, bis der Zug darüber gefahren ist. Die waren dann ganz dünn und platt und paarmal so groß geworden.

Im Sommer haben wir auf der Wiese mit dem Rechen Heu gewendet. Später dann Äpfel gepflückt und Stachel- und Johannisbeeren, und am Waldrand Hagebutten für Marmelade, Suppe und Tee.

Spitzwegerichblätter haben wir gepflückt, für Medizin für die kranken Soldaten an der Front. Und Kartoffelkäfer gesammelt, und Schrott für die Panzer, und wer weiß was alles noch.

Im Winter war es einmal so kalt, daß die Wasserleitung eingefroren ist. Da ist Mama mit Karins vollgemachten Windeln runter zum Mühlbach, hat ein Loch ins Eis gehauen, und die Windeln in dem eisigen Wasser gewaschen, bis ihre Hände fast abgefroren sind.

*

Dann veränderte sich die Welt. Überall klebten Plakate, auf denen ein unheimlicher Schattenmann, mit einem dicken Sack auf dem Buckel, vorüberschleicht. „psst! Feind hört mit!“ steht da drauf.

Der Krieg, der so weit weg war wie Hamburg und Bremen, kommt mit diesem Schattenmann ins Dorf geschlichen. Rolf und ich, wir furchtlosen Bombenkriegerprobten sind ja stolz darauf, mitten im Krieg gewesen zu sein. Dieser Schattenmann aber, macht uns Angst. Mißtrauisch betrachtet Rolf das Plakat: „Ob das ein Russe ist?“ „Bestimmt! Der will ja bald kommen, und alles anstecken und uns alle erschießen, hat Tante Anna gesagt.“

Und dann: lauter Weihnachtspäckchen mitten im März! Die waren zu den Soldaten in Rußland unterwegs. Sind aber nie bei ihnen angekommen. Vielleicht sind die Soldaten auch alle schon tot!

Es dauert, bis man die vielen Knoten, der um die Päckchen geschnürten kostbaren Bindfäden, gelöst hat.

Dann ein stummer Umschlag. Oder einfach nur ein gefalteter Brief. Ebenso stumm. Oft aus braunem Packpapier … „Mein lieber Karl! …" lese nicht weiter, ist ja nicht an mich, nur das ganz unten noch: „Deine Dich ewig liebende Mutter…" Da drunter dann ein heilloses Chaos aus Tannenreisern, die all ihre Nadeln auf der langen Reise verloren haben. Ausgedorrte Tannennadeln überall, zwischen zerkrümelten Keksen und Kuchen, Nüssen, verschrumpelten Äpfeln, Weihnachtskerzen und all den liebevoll in Weihnachtspapier gewickelten kleinen Gaben.

Es dauert, bis wir aus einer Handvoll Kuchenbrösel die Nadeln raus gepickt haben. Die Brösel schmecken sehr weihnachtlich – nach Tannenwald.

*

Über der Frühlingsluft, klarer blauer Himmel. Von weit her, leises, ruhiges, wellendes Summen. Wie in Hamburg als die Bomber kamen. In breiter Front, aus der Weite des Himmels, metallisches Glitzern unter der Sonne.

Rolf und ich schauen, über das Geländer an der Pferdetränke gelehnt, in das träg dahinfließende Wasser zu den neben sanft wedelnden Wasserpflanzen über Kiesgrund stehenden Forellen hinab, als uns das vertraute Brummen der Bomber aufhorchen läßt. Frauke und Elke kommen von der Wiese gelaufen und betrachten mit uns die unwirkliche Erscheinung am Himmel über den Tannenwaldbergen. Frauke gleitet der Blumenstrauß aus ihrer Hand, die sie den Bombern entgegenstreckt, und flüstert ängstlich: „Die kommen ja direkt auf uns zu!"

„Und kein Fliegeralarm!" wundert sich Rolf.

Das Tal, die Schwarza, Häuser, Wiesen und Wald in tiefem Frieden. Und da oben hängen so viele Bomben am Himmel. Das alles ist nicht wirklich! Das ist sicher ein Versehen!
Aufgeregt schimpfend fliegt eine schwarze Amsel mit orangenem Schnabel dicht über der Straße an uns vorbei. Unter das Geländer hindurch gleitet sie über das Wasser, taucht ein ins Ufergebüsch, nörgelt noch eine Weile protestierend vor sich hin … und fängt leise an zu singen.
Von dem kleinen Holzturm neben der Schule klingt jetzt aufgeregtes Gebimmel. Also doch Alarm!

„Schnell, in den Felsenkeller!" schrei ich beschwörend. Elke wirft ihren Blumenstrauß, an dem sie sich förmlich festgehalten hatte, in die Schwarza, und rennt mit uns über die Dorfstraße am Konsum vorbei den Fußweg lang auf den Felsenkeller zu, der hinter Tante Tonis Haus tief in den Schieferberg führt.
Rolf, der als erster dort ankommt, macht die schwere Holztür auf, schaut zum Himmel, und wartet gelassen, bis wir alle dort angekommen sind. „Das dauert noch!" ist er sich sicher.

„Maaamaaa!" ruf ich zum Küchenfenster rauf. „Maaamaaa, Fliegeralarm! Komm schnell, wir müssen in den Keller!"

Das Fenster bleibt geschlossen. Wer weiß wo Mama ist! Tageslicht erhellt das schummrige Innere der Höhle. Zu beiden Seiten reihen sich Lattenverschläge in denen, je eine Familie, Kartoffeln, Gemüse, Weck- und Marmeladengläser, und manches mehr gelagert hat. Modrigwürzige Kühle weht hervor in die duftende Frühlingsluft.
Eine Haustür geht auf. Tante Toni kommt heraus. „Was sucht ihr denn da im Keller?" „Komm schnell Tante Toni! Die Flugzeuge sind gleich da und lassen ihre Bomben auf uns fallen!" Tante Toni schaut auf und sieht die Flugzeuge schon fast über sich: „Die lassen keine Bomben auf das kleine Schwarzmühle fallen. Dafür sind die viel zu teuer."
Die Feuerglocke bimmelt noch immer. Das kann nur Lehrer Purzel sein!

Herr Purzel ist ein lieber, bescheidener Mann. Und ich glaube jetzt, daß er die Glocke läutet, um die vielen fremden Flugzeuge, die sehr langsam über uns hinweg gleiten, mit ihrem Klang zu begrüßen.

Melodisches Summen erfüllt den Himmel. Die ersten Flugzeuge sind über uns hinweggeflogen und haben all ihre Bomben behalten. Immer neue, im Sonnenlicht glitzernde Bomber, erscheinen über den Bergen und ziehen weiße Streifen hinter sich her.
Der Himmel sieht aus, wie eine, mit hellen Kreuzen und weißen Streifen bemalte blaue Decke, die langsam über den Himmel zieht. Bald wird sie sich auf eine Stadt legen … die Dresden heißt.

*

Unverdrossen steig ich mit Rolf, Frauke und Elke den steilen Schulweg hoch, bis wir die Landstraße erreichen, die durch Meuselbach führt. Am Straßenrand steht unser Lehrer, Herr Fieber, und beaufsichtigt sechs alte Männer beim graben. Neben ihm liegen meterlange Rohre, mit, nach vorne und hinten konisch geformten, faustgroßen Köpfen dran. Dahinter stehen fünf Gewehre in einem Kreis, mit gen Himmel gerichteten, aneinander gelehnten Läufen.
„Morgen Kinder!" begrüßt er uns. Nicht wie sonst mit: „Heilitler!" und sein Arm bleibt unten. „Guten morgen Herr Lehrer!"
(Heil Hitler trug sich damals ab, zu Heilitler, schrumpfte auf Heitler zusammen, bis es sich schließlich zu moin, tach auch, guten Tag und grüezi zurückverwandelte)
Die alten Männer nicken uns nur zu, und graben lustlos weiter.
„Wir sind der Volkssturm." erklärt uns Herr Fieber. „Und das wird unser Schützengraben."
Verwundert gibt Frauke zu bedenken: „Hier ist doch aber gar kein Krieg."

„Richtig Frauke!" stimmt ihr Herr Fieber zu. „Der wird aber auch noch hierher kommen, und bis dahin muß der Graben fertig sein."

„Wollen Sie sich denn da verstecken, wenn die Feinde kommen?" möchte Frauke wissen.

„Gott bewahre! Wir sind doch keine Feiglinge, die sich vor dem Feind verstecken! Der darf uns nur nicht sehen, damit er nicht gleich wieder abhaut. Er soll nur kommen, und in seinen Panzern bis da vorne fahren. Dann kommen wir hoch, und schießen einen nach dem anderen ab."

Die Gewehre beeindrucken mich schon sehr. Doch kann ich mir nicht vorstellen, wie er damit Panzer abschießen will, und frage Herrn Fieber, ob sie denn auch eine Kanone für die Panzer haben.

„Da haben wir was viel besseres!" Er nimmt eins von den Rohren und erklärt uns: „Das hier ist eine Panzerfaust. Wenn ich die auf einen Panzer abfeuere, wird dieser Kopf so heiß, daß er durch das Eisen schmilzt, und der Panzer explodiert."

Herr Fieber ist jetzt viel geduldiger als sonst, und nicht mehr so streng.

„Ihr könnt wieder nach Hause gehen Kinder." sagt er, und lächelt uns an. „Die Schule ist erst einmal geschlossen. Bis zum Endsieg." fügt er noch, wenig überzeugend, hinzu. Irgendwie tut er mir jetzt etwas leid.

*

Am Ufer vom Mühlbach sitzen zwei Soldaten. Ihre geschundenen Füße umspült sein klares Wasser. Aus tiefen Höhlen blicken ihre müden Augen auf das bewegte strömen des Baches. Verdreckt und verschlissen hängen ihre Uniformen an ihren ausgemergelten Gestalten. Mama ist bei ihnen. Ich höre wie der eine zu ihr sagt: „Es ist grauenvoll, an der Front. Wir konnten fliehen, aber die anderen ... wir schämen uns, daß wir noch leben."

Mitleid – Ekel – Enttäuschung.

Deutsche Soldaten: Heldenhaft, gesund, sauber, tapfer, unbesiegbar ... so sehen sie also wirklich aus, wenn Krieg ist! Schnell weg von den trostlosen Jammergestalten!

Doch Mama hat mich schon gesehen. „Du bist ja nicht in der Schule!"

„Die Schule ist geschlossen ... bis zum Endsieg. Hat Herr Fieber gesagt."

Die Soldaten fangen an zu lachen, und der eine sagt: „Dein Herr Fieber hat dich angelogen Junge. Der weiß genau, daß wir den Krieg schon längst verloren haben. Und daß es keinen Endsieg geben wird."

Nicht sehr hoffnungsvoll sag ich noch: „Der ist doch aber da oben mit sechs Männern, und Gewehren, und Panzerfäusten, und will den Feind besiegen."

Jetzt lachen die Soldaten, daß ihnen die Tränen kommen. Dann wischt sich der Ältere mit seiner knochigen Hand die Tränen ab, macht ein ernstes Gesicht und sagt traurig: „Die armen Schlucker haben Befehl, und müssen so tun als ob sie gegen den Feind kämpfen wollen. Die werden nämlich sonst erschossen. Sie warten aber nur, bis sie das Gebrumm der Panzer hören. Dann laufen Herr Fieber und seine Männer, wie die Hasen, in den Wald."

Vor mir seh ich Hermann, den Cherusker,
riesengroß.
Sein breites Schwert siegreich erhoben.
Regen fällt auf seine mächtige Gestalt.
Die beginnt sich aufzulösen,
mit dem Regen herabzutropfen.
Ein greller Blitz fährt in sein Schwert.
Klingend fällt es zu Boden.
Ein buckliges Männlein sinkt vornüber.
Für immer vorbei, ist der grausige Spuk.

So runtergekommen die Soldaten auch sind, ihnen glaube ich jedes Wort. Bisher hatte ich Erwachsenen fast alles geglaubt, was sie mir erzählt haben. Inzwischen hat mein Vertrauen in sie einen tiefen Riß bekommen, der sich nie wieder schließen wird. Nur meiner Mama kann ich noch alles glauben. Und diesen beiden Sodaten hier. Und ich frage sie: „Wird der Russe bald kommen, und alles anstecken, und uns alle erschießen?"
Beide denken nach. Der eine kratzt sich hinterm Ohr und sagt: „Wenn ich das wüßte. Ich hoffe nur, daß der Amerikaner vor dem Russen hier ist. Dann kann es noch glimpflich abgehn. Auf alle Fälle marschieren wir weiter, gen Westen, dem Amerikaner entgegen."

In Tante Voigts Gartenhäuschen haben Harry und Wallau ein großes Loch gegraben und stellen da lauter Kisten rein.
„Was wollt ihr denn da beerdigen?" wundere ich mich. Wallau sieht mich an:
„Wenn du keinem was sagst verrat ich´s dir."
„Ehrenwort, ich erzähle nichts."
„Da sind Essensvorräte drin, die die Russen nicht finden sollen. Die fressen nämlich alles, was ihnen in die Hände kommt."
Papa macht sich an der Scheune zu schaffen. Dort gräbt er ein kleines Loch. Daneben liegt seine Pistole, und Ölpapier. Die wickelt er sorgfältig ein, legt sie in das Loch und deckt sie mit Erde zu. „Da finden sie die Russen bestimmt nicht." versichert er mir, und geht mit sorgenvoller Miene ins Haus.

Mit einem Mal bin ich kein Kind mehr. In den letzten Stunden vor dem Zusammenbruch, fällt mein Respekt vor der Männerwelt, wie ein Kartenhaus in sich zusammen. Autoritäten, wie Lehrer und Polizisten, haben mit ihrer Glaubwürdigkeit auch ihre Macht über mich verloren.

*

Tante Birnstiels Kartoffelklöße schmecken am besten, genau so gut, wie die von Tante Voigt. Aber nicht ganz so gut, wie der Käsekuchen. Und der Mohnkuchen schmeckt auch am besten. Sowieso schmeckt in Schwarzmühle alles viel besser als in Hamburg und Bremen. Nur Omas Vanillebrei und Rote Grütze schmecken auch am besten. Am allerbesten aber, schmeckt das Schmalzbrot, das Tante Toni mir gerade geschmiert hat. Ich nehm es mit zu meinem Lieblingsplatz auf der kleinen Landzunge, an der der Mühlbach in die Schwarza fließt, und setz mich an den Stamm einer Erle, um mein Brot dort in aller Ruhe zu genießen.

In der Stille des sonnigen Frühlingstages höre ich das vertraute Murmeln und Plätschern des Baches, und fröhliche Vogelstimmen.

Von der Landstraße nach Katzhütte nähert sich leises, monotones Brummen. Wenn das die Russen sind! Bei der Vorstellung vergeht mir der Appetit. Ich werfe den Rest Schmalzbrot in die Schwarza. Wo kann ich mich verstecken?! Da, hinter dem Bretterzaun kann mich keiner von der Landstraße aus sehen.

Schnell husch, ich zu dem Zaun, hocke mich dahinter, und lausche dem lauter werdenden Brummen. Durch ein Astloch kann ich die Straße sehen. Das Brummen kommt näher. Endlich fährt ein Auto – wie ich noch nie eins gesehen habe – vorbei, auf den Waldfrieden zu.

Aufrecht sitzen Soldaten mit rundlichen Helmen drin. Ein großer weißer Stern an der Seite. Viele solche Autos folgen ihm. Alle mit einem Stern. Sie fahren ins Dorf. Ich kann sie dort hören. Bremsen quietschen von unserem Haus her. Vorsichtig schleiche ich an der Scheune lang, und schau ängstlich um die Ecke. Neben dem ersten Auto steht mein Papa mit einem Soldaten. Sie sprechen miteinander. Nun hab ich keine Angst mehr, und trau mich hin. Als der Soldat mich sieht, sagt er was zu mir. Ich versteh aber kein Wort. Ängstlich flüster ich Papa zu: „Sind das die Russen?" „Nein mein Junge, zum Glück sind es die Amerikaner."

Papa geht rein, und läßt mich mit den fremden Soldaten allein. Wieder sagt der eine was zu mir, das ich auch nicht verstehen kann. Dabei sieht er mich freundlich an, greift in seine Manteltasche, holt eine Tafel Schokolade heraus und hält sie mir hin.

Ich weiß nicht, was ich denken soll. Die letzte Schokolade hat mir ein deutscher Soldat geschenkt. Soll ich sie jetzt von einem amerikanischen Soldaten annehmen? Wäre ich dann nicht ein Verräter, und hätte keinen Stolz? Dabei sieht der Amerikaner gar nicht aus wie ein Feind. Eher wie ein guter Onkel, der mir ein Geschenk entgegenhält, der wohl traurig ist, wenn ich es nicht haben will.

Was immer ich jetzt tun kann, es ist verkehrt. Und eh´ es mich zerreißt, lauf ich einfach weg, ins Haus, die Treppe hoch zu Tante Voigt in die Küche. Da sitzt die ganze Familie um den Küchentisch. Tante Voigt, ihr Mann Paul, Irmgard, Waltraut, Harry und Opa Adelbert. Nur Lothar nicht, der ist ja noch im Krieg. Ratlos sehen sie einander an. Keiner traut sich raus, nicht mal ans Fenster.

„Dein Papa hat aber Mut, daß er zu den Soldaten raus ist!" sagt Tante Voigt jetzt bewundernd.

„Ich war eben auch bei den Soldaten und hab auch keine Angst gehabt."

„So? Was haben die denn gesagt?"

„Weiß nicht, die kann man doch nicht verstehn. Aber Papa hat mit einem gesprochen, der war ganz freundlich und wollte mir Schokolade geben."

„Hast du sie denn nicht genommen?"

„Nee, vom Feind wollte ich nichts."

„Der wird sich aber gewundert haben!"

„Geguckt hat er schon. Ob er wohl traurig ist, weil ich sie nicht wollte?"

„Vielleicht schon. Das sind doch auch Menschen."

Als ich in unsere Küche komme, ist Papa nicht da. Mama, Eckart und Karin sitzen fröhlich kauend auf dem Sofa. Auf dem Tisch liegen Schokoladetafeln. Eine davon ist angebrochen. Eckart zeigt begeistert auf sie: „Haben uns die Soldaten geschenkt. Papa hat uns dann gesagt, wir sollen "thank you" sagen. Da haben wir schnell "sänk ju" gesagt und sind mit der Schokolade rein. Kannst auch was abhaben." Fragend seh ich Mama an, die auch am lutschen ist: „Darf man sich denn vom Feind was schenken lassen?"

„Die Amerikaner sind doch nicht mehr unsere Feinde. Sie haben uns vor den Russen gerettet, und wir können ja nur froh sein, daß *die* gekommen sind."

„Der Soldat, der mir Schokolade geben wollte, sah ja eigentlich auch ganz lieb aus. Wo ist Papa denn jetzt?"

Mama schluckt ihre Schokolade runter, wischt sich den Mund: „Papa ist mit den Amerikanern nach Katzhütte gefahren. Er will für sie alles, was die Deutschen zu ihnen sagen, ins Englische übersetzen, und für die Deutschen ins Deutsche, was die Amerikaner sagen. Papa ist ja weit und breit der einzige, der Englisch kann."

Den ganzen Nachmittag ist Papa nicht wiedergekommen. Längst ist die Sonne, hinter die Tannen auf dem Berg, in die Nacht gesunken. Die Dämmerung steigt aus dem Tal auf und kriecht die Hänge hoch, und Papa ist immer noch nicht wiedergekommen. Wenn die Soldaten ihn nun einfach behalten, mit ihm weit wegfahren und er nie wiederkommt …

„Raaab, raaab, raaab!" Zwei dunkle Schatten gleiten über die Erlen an der Schwarza dahin. Gleich werden sich die Raben in ihrem Schlafbaum niederlassen, sich leise erzählen wie gern sie sich haben, wie glücklich sie sind, und, aneinander gekuschelt einschlafen. Und mein Papa ist immer noch nicht da! Schon legt sich die Nacht über das Tal, und Mama deckt den Tisch fürs Abendbrot.

Von der Landstraße nach Katzhütte: leises Brummen. Weißer Schein blitzt auf hinter den Tannen, irrlichtert weiter, auf den Waldfrieden zu. Eine Lichtkegelschlange gleitet hinter den Tannen hervor, kriecht über die Brücke, die Dorfstraße lang bis vor unser Haus. Die Haustür geht. Die Autos fahren in die Nacht davon. Papa kommt die Treppe hoch und setzt sich zu uns an den gedeckten Tisch. Dabei sieht er mich fragend an:

„Warum hast du denn die Schokolade nicht angenommen, die dir der Amerikaner geben wollte?"

„Weil der doch unser Feind war, und ich kein Verräter sein wollte."

„Das hat sich der Soldat gleich gedacht, und deine Haltung sehr bewundert. Er ist aber nicht mehr unser Feind und will uns allen nur helfen, wo er kann. Du darfst dir also ruhig von ihm was schenken lassen."

Die Autos, die Jeeps heißen, holen Papa nun jeden Tag ab, und bringen ihn am Abend zurück. Papa will sich für seine Arbeit als Dolmetscher nicht bezahlen lassen. Stattdessen muß der Standortkommandant, mit dem er überall rumfährt, deutschen Soldaten, die im Wald umherirren, einen Ausweis ausstellen, damit sie sich wieder in die Dörfer trauen können.

*

Ein kleines Lastauto hält vor unserer Haustür. Papa steigt aus: „Morgen kommen die Russen." sagt er. „Die Amerikaner sind schon weg. Und wir fahren heute auch – nach Bremen.

Mama sitzt vorne neben Papa, mit Karin auf dem Schoß. Eckart und ich sitzen hinten, zwischen Kisten und Truhen auf einer Matratze und winken den Voigts, Tante Toni, Tante Anna und den Kindern zu, die auch alle winken und langsam kleiner werden, als wir über die holprige Dorfstraße rumpeln. Langsam rollt der Wagen über die Schwarza. Sie glitzert im Frühlingssonnenlicht. Wehmut beschleicht mich bei dem Gedanken – ich werde sie nie mehr wiedersehen …

Wie oft hat sie mich, meinen Körper, berührt und ist Teil von mir geworden. Das Gras der Wiesen hat mich berührt, der Duft des Heus, des Waldes, der Blumen im Garten und am Weg und der Pflanzen am Bach. Die Stimmen der Vögel, der Insekten, der Tiere und Menschen. Der Klang der Dreschflegel, des Herdes, das Rauschen der Tannen im Wind. Der Geschmack wilder Erdbeeren, Himbeeren, Johannisbeeren und Stachelbeeren und der Äpfel. Das alles bin ich geworden, in meiner kleinen Welt an der Schwarza, vor die sich das zarte Grün der Straßenbäume hängt, in dem sie nun für immer untergeht.

Ich schau auf in die Baumkronen. Wie grüne Wolken gleiten sie über mich hinweg. Wir sind auf dem Weg nach Bremen. Der Stadt mit den vielen Häusern und Straßen, an dem großen Fluß. Ganz anders, aber auch Heimat, ist die ferne große Stadt. Geheimnisvoll, verheißungsvoll und abenteuerlich.

Gemächlich schaukelt unser schwerbeladenes Lastauto auf der Landstraße dahin. Tannen säumen die Straße. Grad gewachsene Stämme ziehen vorbei, drängen zusammen zu einer Säulenwand, die weit hinten mit dem schmalen Straßenende verschmilzt. Tannenwald, ein Steinbruch und wieder Wald. Grünes Tal, ein Bach, Äcker, Wiesen, Ziegen, ein paar Häuser und wieder Wald.

Tief hängt die Sonne über Hügelland. Leuchtet rot von Dächern. Kleines Dorf. Wo einmal das Ortsschild war, steht einsam und schief ein Pfahl am Straßenrand. „Nirgendwo" denke ich. Wir sind nirgendwo, weil der Ort keinen Namen hat. Häuser reihen sich an beiden Seiten der Dorfstraße. Etwas abseits, ein großes Haus; die Dorfschule. Dort halten wir.

Max Schrot, steht auf dem Klingelschild neben der Haustür, die jetzt aufgeht. Es ist aber eine Frau, die da rauskommt, und auf Papa zugeht.

„Ich bin Frau Schrot." sagt sie und reicht Papa die Hand.

„Brandau." Papa macht einen Diener, und schüttelt ihre Hand.

„Herzlich willkommen bei uns! Mein Mann ist hinten im Garten. Max! Die Brandaus sind angekommen!"

Herr Schrot ist der Lehrer hier. Seine Frau darf ihm nie widersprechen. Wir Kinder schon gar nicht. Es ist nicht schön, hier in Nirgendwo. Nur im Garten, und da dürfen wir nicht hin.

Zum Glück waren wir nur wenige Tage in Nirgendwo. Sind nun wieder auf dem Lastauto zwischen Kisten und Truhen auf unserer Matratze. Und das schon den ganzen Tag. Und haben Hunger.

Gestern hat Papa bei einem Bauern eingekauft. Aber nicht mit Geld. Das will keiner mehr haben. Zwei Laibe Brot hat er gekauft und mit einem wertvollen Teppich bezahlt. Für einen zweiten Teppich hat er Butter und eine große Mettwurst bekommen.

Die Betonplatten der Autobahn gleiten unter uns hinweg. Nach jedem plop plop, wenn die Räder über den Spalt zwischen ihnen rollen, erscheint eine neue Platte und weicht hinter uns davon.

Endlich fährt Papa auf einen Seitenstreifen und hält den Laster an. Die Autobahn aber bewegt sich weiter, auf uns zu, als ob wir jetzt rückwärts fahren, eine ganze Weile noch.

Gedankenverloren kau ich mein Brot, und betrachte den glutroten Sonnenball, der über dem fernen Horizont langsam in einen Wolkenstreifen sinkt, und verlischt. Ob dort, weit hinter den Kiefernwäldern, unsere alte neue Heimat an der Weser ist?

Ruckelig fährt unser Auto an. Vom ersten Gang in den zweiten, bis in den vierten. Die Straße ist eine dunkelgraue Masse geworden. Grün-blau-schwarze Büsche und Bäume schweben an ihr vorbei hinein in einen Traum; zu einem Floß, das aus den Teutobergen kommt, zum Ufer treibt …

Gelber Strand.

Gesäumt - gebrähmt das Land von Heide, Weiden und Gebüsch, in das eine Vogelmutter ihre Kinder führt …

Männer, Frauen, und die Kleinen
schauen –
hier ist Friede.
Zuflucht suchend stoßen sie an Land –
lassen sich nieder am Strand.

Bramon – Gebrähmtes,
nennen sie das Land, wo die Vogelmutter

war mit ihren Kindern …

Stein
auf
Stein

Menschenwerk.

Bramon
Bremen
Bomben

Raben fliegen über Trümmerland … Menschenhand …

*

Das gelbe Licht der Scheinwerfer tastet sich zittrig durch die Sternennacht. Monotones Brummen, vom, sich in gleichmäßigem Takt wiederholendem plop plop begleitet, versenkt mich in tiefen Schlaf.

Fliegeralarm!
Zu spät … die Bomben fallen schon, schlagen donnernd ein, ganz nah, wecken mich jäh aus sanftem Traum.
Schwarz hängt der Himmel, aus dem Blitze zuckend niederfahren, über der Stadt. Doch über uns leuchten die Sterne. Wir rollen dahin an Bremen und dem Gewitter vorbei, das da sagt, daß kein Bombenkrieg mehr ist. Daß jetzt Petrus Blitz und Donner macht. Oder Thor mit seinem Hammer. Oder der Große Geist. Oder sie alle zusammen oder … vielleicht ja

nur mein Freund, die Bombe Gott! Den hab ich ja so lange nicht gesehn, und ganz und gar vergessen! Ja, gewiß ist es mein Freund, die Bombe Gott, der da drüben über der Weser blitzt und donnert! Gott, ein wilder gleißender Lichtertanz. Ja, Gott tanzt für mich – und ich fühle, daß er mich immer noch lieb hat.

Ende der Autobahn, im Norden der Stadt.

Burgdamm, Lesum, St.Magnus, Vegesack, dann endlich Blumenthal. Und unser Haus an der Bergstraße – ist noch da! – doch brennt Licht im Haus, und die Außenlampe beleuchtet einen Jeep! Und ich hab mich so aufs Bett gefreut! Und was zu essen!
Paar Häuser weiter halten wir nochmal an. Frau Spörer hat Platz für unsere Matratzen und sogar ein Abendbrot für uns.

Ein altes Haus in Vegesack, an der Rohrstraße, blickt auf die Weser, und den Hafen.

Vegesack – früher legten in dem kleinen Hafen hier Segelschiffe an, die übers Meer, und die Weser hoch, gesegelt waren.
Die Seemänner hatten Durst, und so. In die Schänke „Vegesacker Junge" sind sie rein, und haben gegessen und getrunken und so. Jedenfalls waren ihre Geldsäckchen danach ziemlich leergefegt. „Vegesacke" nannten sie den Ort. Das letzte "e" ist dann verlorengegangen, und keiner weiß, wo es geblieben ist.

Das alte Haus hat zwei Ein- oder Ausgänge, je nachdem ob man rein oder raus will. Die Haustür ist zur Straße hin, die Hintertür zum Garten mit dem großen alten Birnbaum, der aussieht als ob es geschneit hat. Lauter weiße Blüten.
Hinten ist die Küche mit einem Kran, aus dem das Wasser in ein großes Waschbecken aus Sandstein fließt. Daneben so ein alter Herd wie der, in Tante Voigts Küche.

Aber kein Holz ist da, und Mama weiß nicht wie sie kochen soll. Irgendwoher hat Papa einen riesengroßen Ballen Tabakblätter. Davon wickelt er welche in Zeitungspapier, nimmt einen Kartoffelsack und geht damit runter zum Hafen.

Dort liegen zwei Torfkähne aus dem Teufelsmoor. Papa läßt einen der Torfschiffer an dem Tabak riechen. „Zehn Stück Torf." sagt der Schiffer. Dann schnuppert der andere an den gelben Blättern. „Zwanzig." meint der. Papa teilt die Blätter in zwei Hälften und sagt: „Zwanzig für jeden."

Die vierzig Torfstücke, die wie Kastenbrote aussehen, passen man grade in den Sack. Die Schiffer schneiden etwas Tabak in schmale Streifen, stopfen ihn in ihre hellen schlanken Tonpfeifen, und blasen genüßlich blaue Wölkchen in den Himmel.

Mama hat noch nie mit Torf Feuer gemacht. Erst zerknüllt sie Zeitungspapier und legt es in den Herd. Dann zerbricht sie Torf in kleine Stücke, legt sie auf das Papier und zündet es mit einem Streichholz an. Sogleich flammt ein kleines Feuer auf, das aber bald wieder ausgeht.

Aus dem Herd quillt Qualm in die Küche und beißt in die Augen und kratzt im Hals. „So wird das nichts!" meint Mama bestimmt. „Der Schornstein zieht nicht. Aber ich weiß was ich mach!"

Aus dem Herd kommt ein Ofenrohr, krümmt sich zu einem Knie, und reicht in den Schornstein hinein. Wieder knüllt Mama eine Zeitung und stopft sie unter den Torf. Dann öffnet sie die Klappe an dem Knie, stopft Papier in das Ofenrohr, zündet es an, schließt die Klappe schnell wieder und zündet nun auch die Zeitung unter dem Torf an. Wieder qualmt es aus dem Feuerloch. Dann wummert es in dem Ofenrohr, die Flammen neigen sich über den Torf und ziehen den Qualm vom Feuerloch zurück in den Herd. Nun verbrennt das Papier noch schneller, nur der Torf will einfach nicht brennen. Wieder und wieder prökelt Mama mit dem Schürhaken Papier unter den Torf in das erlöschende Papierfeuer, bis das letzte Blatt verbraucht ist, und der Torf immer noch nicht brennt. Nur hier und da: winziges Glimmen.

Mit einem Seufzer schließt Mama die Klappe vom Feuerloch. „Wir können die Steckrüben doch nicht roh essen!" ruft sie verzweifelt aus."Wenn wir doch nur Holz hätten!"

Im Garten finde ich ein kleines Brett. Zum kochen reicht es lange nicht. Aber vielleicht kann man damit den Torf doch noch zum brennen bringen. Es dauert, bis ich mit meinem Taschenmesser das Holz in Späne geschnitten habe. Mama ist nicht in der Küche, aber die Herdplatte mit den Ringen, ist jetzt sehr heiß. Verwundert schau ich in das Feuerloch; still glüht der Torf vor sich hin, und zaghaft züngelt auch mal ein kleines gelbblaues Flämmchen aus der Glut.

Ich hab schon lange Hunger gehabt, als Mama den großen dampfenden Kochtopf auf den Tisch stellt. Mit einer Kelle füllt sie jedem Suppe in den Teller. Im heißen Wasser schwimmen gelbbraune Steckrübenwürfel und weißliche Kartoffelstückchen. Es riecht anders und schmeckt "rübisch" und macht satt.
Als Mama am Abend die aufgewärmte Suppe auf den Tisch stellt, rümpft Karin die Nase: „Schon wieder die olle Suppe! Ich will aber Butterbrot mit Wurst!"
„Der Rest Wurst ist eigentlich für morgen – aber du bist ja noch so klein."
Karin bekommt ihr Wurstbrot. Alle anderen müssen wieder Suppe essen.

Am hinteren Ende von dem kleinen Garten ist eine Backsteinmauer, über die ich leicht rüberklettern kann. Dann rutsch ich den steilen Sandhang runter, in die riesengroße Kuhle. Da sollte ein Bunker hin. Der ist aber nicht mehr fertig geworden, im Krieg. Nur der Fußboden aus Zement. An *der* Seite, wo dahinter die Hafenstraße ist, geht eine Treppe runter in einen unterirdischen Gang. Da ist bestimmt ein Schatz versteckt, tief unter der Erde.
Ich weiß nicht. Geh aber trotzdem die Stufen runter, in die kühle, dumpf riechende Luft. Der dunkle Gang gruselt mich an. „Reinhart! Geh da nicht rein, da sind Gespenster drin!" Das ist

Eckarts Stimme. Der steht oben mit Karin, die ängstlich schreit: „Und der schwarze Mann!"
Soll ich mich vor Gespenstern und schwarzen Männern fürchten, nur weil die beiden mir Angst machen wollen?! Nun erst recht! Taste mich mutig an der Wand lang in die Finsternis. Greife ins Leere, die Wand ist weg. Da! Ein hoher schriller Schrei! Quiekende Gespensterstimme! Nichts wie raus!

Von der Hafenstraße kommen zwei Jungens und ein Mädchen. Jeder hat einen Tampen (Tau) in der Hand. „Woher seid ihr?" fragt der Junge, der Bernd heißt.
„Wir wohnen da drüben, und ihr?"
„In der Segelmacherei. Wollt ihr mit, in der Gasschleuse auf Entdeckung gehen?"
„War schon drin. Is ja ganz dunkel da unten." Bernd hält seinen Tampen hoch.
„Wir haben Fackeln mit, und Streichhölzer."
Ein Tampenende fieselt er auf, bis es wie ein großer Pinsel aussieht. Dann ratscht er ein Streichholz an und hält die Flamme an das Tampenende, das gleich hell auflodert. Als alle Fackeln brennen, gehn wir runter in den Gang, der bald zu Ende ist. Da, wo ich ins Leere gegriffen hatte, geht's nach rechts weiter. Jetzt führen Gänge in alle Richtungen, so daß wir bald nicht mehr wissen wo wir sind.
„Ich will wieder raus!" sagt Karin jetzt mit weinerlicher Stimme, und fängt auch noch an zu flennen, als die Flammen nacheinander ausgehn, und die Tampenenden nur noch schwach ins Dunkel glimmen. Jetzt schleudert Bernd seinen Tampen im Kreis, von dessen Ende Funken sprühen, bis wieder eine Flamme leuchtet. In ihrem Licht entdecke ich eine kleine Kiste.
„Eine Schatzkiste!" ruf ich begeistert aus. „Da ist bestimmt ein Schatz drin!"
„Oh haua!" staunt Bernd. „Die nehmen wir mit. Aber wo geht es hier bloß wieder raus?!"
Die Kiste ist so schwer, daß ich sie gerade noch tragen kann.
„Wir gehen einfach zurück." schlag ich vor. „Dann kommen wir schon wieder raus."

Von dem vielen Rauch tränen mir die Augen, daß ich kaum noch sehen kann. So stolpere ich, mit der Kiste, hinter Bernds Fackel her. Wenn ich nur wüßte was da drin ist! Bernds Fackel ist schon wieder ausgegangen. Füo, füo, füo, schleudert er sie wieder in Brand. Quietschende Schatten huschen an uns vorbei, über meinen Fuß ein kleines Tier, eine Ratte, und Karin quietscht wie hundert Ratten, so laut.

Dieser Raum hat zwei Ausgänge. Ratlos blicken wir in die dunklen Löcher. Zurück? Da kommen wir ja her. Rechts oder links? Im rechten Gang raschelt es. „Da sind Ratten drin." meint Bernd. „Wir gehen lieber links rein." Wieder erreichen wir einen Raum der nach links und rechts ins Dunkel führt.

„Ich glaub hier waren wir schon mal, und sind von rechts gekommen." sagt das Mädchen mit dem glimmenden Tampen unsicher, und hustet wegen dem Rauch. „Ich glaube du hast recht." stimme ich ihr hoffnungsvoll bei.

Als wir um eine Ecke gehn graut uns matte Helligkeit vom Ende des Ganges entgegen. „Gerettet!" ruft Bernd und schwenkt seinen Tampen. „Hurrah!" schreien wir alle durcheinander und Karin mault schluchzend: „Hier geh ich nie wieder rein!"

Auf der obersten Treppenstufe setz ich mich mit der Kiste hin. Der Deckel ist mit Eisenlaschen verschlossen. Sie lassen sich nur schwer öffnen. Alle drängeln sich neugierig um die Kiste und mich. Und dann, der Schatz ... glitzert ... lauter nagelneue Bomben glänzen uns an. Etwas größer als Hühnereier, nur nicht ganz so dick. Schlank und schön liegen sie da, vor unseren leuchtenden Augen.

„Mann!" staunt Bernd. „Das sind ja richtige Granaten!" er stößt den anderen Jungen an „Mann Heiko, damit können wir was machen!"

„Was denn wohl?" fragt ihn das Mädchen. Bernd sieht sie kopfschüttelnd an: „Tina, denk doch mal nach – Krieg spielen natürlich!"

„Da is wer!" flüstert Heiko. Oben, am Rand der Grube, schiebt eine Frau einen Kinderwagen vor sich her.

„Bleibt mal alle unauffällig hier." flüstert Bernd uns zu, trägt die Kiste runter, und stellt sie weit hinten im dunklen Gang ab.

Dann kommt er schnell zurück. „Die darf keiner sehn, die nehmen sie uns sonst weg. Jetzt gehn wir erstmal Holz sammeln, und machen ein Feuer."

Auf dem großen Platz, vor der Segelmacherei, liegt viel rum. Auch Holz und Dachpappe. „Die brennt gut." meint Heiko und hebt ein Stück Dachpappe auf.

Mitten in der Kuhle legen wir Holz, Dachpappe und alte Zeitungen auf den Betonboden ab.

„Wir brauchen noch die Backsteine da." läßt Bernd uns wissen, knüllt eine Zeitungsseite auf den Boden und schichtet erst dünne Holzsplitter drauf, und dann immer größere, mit Stücken Dachpappe dazwischen. Gekonnt schichtet er nun einen Backsteinturm um die Feuerstelle, und läßt unten ein Loch, daß das Feuer Luft kriegt. Jetzt, wo mir der Turm bis ans Knie geht, steckt Bernd die Zeitung unten an. Erst qualmt es nur. Dann prasselt ein richtiges Feuer im Turm, auf das Bernd noch Holz wirft, und Steine so darüber schichtet, daß es ein Dach wird, mit einem Loch ganz oben, wo der Rauch raus steigt. Mit bedeutungsvoller Miene steckt er nun seine Hand in die Hosentasche, holt sie wieder raus und hält in ihr ... eine von den Granaten.

Was hat er denn jetzt vor? Er wird sie doch wohl nicht ins Feuer werfen?! Unwillkürlich geh ich einen Schritt zurück, bereit schnell wegzulaufen. Bernd, der mein Bedenken bemerkt, wendet sich mir zu: „Nur keine Angst Junge, so schnell schießen die Preußen nicht."

Gelassen nimmt er eine Zeitung, wickelt die Granate sorgfältig ein, und läßt sie in die Öffnung über dem Feuer fallen.

Betont langsam, wir Jungens haben ja keine Angst, und die Mädchen keine Ahnung, gehen wir zum Rand der Kuhle, klettern den Sandhang hoch, legen uns an der Kante oben neben-einander auf den Bauch, beobachten den kleinen Backsteinturm da unten und sind gespannt, was wohl passiert. Es geschieht nichts. Wie eine kleine Burg sieht das da unten aus, in der friedlich ein Kaminfeuer brennt, aus deren Dach eine bläuliche Rauchsäule senkrecht aufsteigt, weiter oben, seitwärts schwebend, auf den großen alten Baum, dessen Nadelwolkenzweige an einen Bärenpelz .... wumm! Der ganze Turm springt hoch. In dunklen Qualm gehüllt tanzen die Steine durch die Luft und prasseln zwischen rauchenden Fetzen auf den Boden nieder.

„Oh!"

„Mann!"

„Gewaltig!"

Karin fängt an zu heulen: „Mit euch komm ich nicht wieder mit!"

*

Das schönste am Sommer ist die warme Sonne und die Weser. Die Schule ist hier genauso doof, wie die in Meuselbach. Nur daß es hier eine Schulspeisung gibt – einen Teller Suppe und auch mal Schokolade. Auf Lebensmittelmarken gibt es ja so wenig, daß wir uns am Abend oft vor Hunger in den Schlaf weinen müssen, wenn der leere Bauch so weh tut.

Onkel Ernst ist aus seinem Kloster zu Besuch gekommen, und heißt auch Pater Engelbert. In der Weser ist die Flut so hoch, daß die Weiden am Strand, mitten im Wasser stehen. Onkel Ernst hat eine große schwarze Badehose an. Mit der geht er schnell bis zur Brust ins Wasser, weil er sich unten sehr katholisch schämt. Da steht er nun ganz unglücklich rum und schämt sich die ganze Zeit. Und ich weiß wirklich nicht warum er sich so schämen muß, wo es doch nur schön ist im Wasser, im Sommer.

Eckart und Karin können noch nicht schwimmen. Die planschen nur im flachen Wasser rum. Ich hab´s gerade gelernt. Hier, zwischen den alten krüppeligen Weiden, an deren langen dünnen Ruten ich mich durchs Wasser gehangelt hab. Und mit einmal, ganz von allein, konnte ich schwimmen.

Heiko, Tina und Bernd turnen auf dem Schiffswrack rum, von dem das meiste schon unter Wasser ist. Schnell zieh ich, hinter einem Busch, meine Badehose an und schwimm rüber. Alleine würde ich mich nicht trauen, weil es doch irgendwie unheimlich ist. Aber mit den anderen zusammen macht es Spaß, in das Wrack zu tauchen. Da ist es ganz still und schummrig. Und wo das Licht durch die Luken fällt, huschen kleine Fische aus dem Dunkel durch das sonnenhelle Wasser an uns vorbei.

In der Weserstraße wohnen die meisten Amis. Die gehen oft in die "Strandlust" und zur Fähre runter. Manchmal geht unser Lehrer hinter ihnen her. Der hat dann seinen Spazierstock mit einem spitzen Nagel unten dran dabei. Wenn ein Ami seine Zigarettenkippe wegschmeißt, tritt sie unser Lehrer aus, spießt sie mit seinem Stock auf und steckt sie ein.

Heute haben die Amis uns Kinder in die "Strandlust" eingeladen. Da essen wir Weißbrot mit gekochtem Schinken, bis wir platzen. Dazu trinken wir braune Limonade. Die schmeckt ganz gut und heißt Coca Cola.

*

Im Bus sind viele Kinder. Wir fahren schon lange durch das flache Land, und kommen immer noch nicht an. Neben mir sitzt ein Mädchen. Sie ist schon müde vom vielen Fahren und lehnt ihren Kopf an meine Schulter. Das fühlt sich schön an und wird immer schöner. Als ich meinen Arm um sie lege, schläft sie schon, und es wird immer noch schöner. So schönes hab ich noch nie gefühlt. Dann hält der Bus an einem kleinen Hafen. Vom Meer her heult ein Sturm uns an, der uns umschmeißen will. Wir kämpfen uns aber durch, zu dem Dampfer, der an der Mole auf uns wartet.

„Windstärke zehn." brummelt ein Mann und steigt die Stufen zur Brücke hoch. Der kleine Dampfer legt ab und tuckert ruhig an den Kuttern längs, bis er die Hafeneinfahrt erreicht. Jetzt schaukelt, stampft und donnert er in den wilden Wellen, daß man es mit der Angst kriegt, und am liebsten wieder an Land wär. Die Blicke erschrockener Kinderaugen irren ängstlich umher, über leere Tische zu den Fenstern, an die prasselndes Wasser schauert. Auf der Bank, längs der Wand, kauern die Kinder aneinandergedrängt in ihr Schicksal ergeben.

Ich, ganz am Ende, sicher ist sicher, an einen weiß-roten Rettungsring gelehnt – wobei mir ein ängstlicher Pups entwischt. Hat sich der Rettungsring nicht gerade bewegt?!

„Pfui Teufel! Begrüßt man so einen alten Freund?!"

„Ich ... ich hab doch nicht gewußt, daß du das bist. Das ist ja die reinste Hölle hier! Glaubst du daß wir noch untergehn?"

„Pappalapapp, Hölle, die sieht ganz anders aus. Und untergehen, wo ich mit an Bord bin?!"

„Ganz anders? Wie anders sieht sie denn aus, die Hölle?"

„Die ist nicht da unten, wo Kirchenmänner sie immer verstecken wollen. Und aussehen tut sie auch nicht."

„Hast du doch eben gesagt!"

„Ja, gesagt schon, aber nicht gemeint. Die ist nämlich überall, nur sehen kann man sie nicht. Und der Himmel ist auch überall, allüberall."

„Nun weiß ich immer noch nicht, was die Hölle ist, lieber Gott. Du kannst es mir aber bestimmt sagen, oder nicht?"

„Ja, gewiß. Eigentlich ist es ja ganz einfach; die Hölle ist das Sterben, und der Himmel ist das Leben, die Liebe."

„Wenn einer stirbt, das ist dann die Hölle?"

„Nein, nicht wenn ein Körper stirbt oder ein Baum oder eine Blume oder Gras. Wenn Liebe stirbt, das ist die Hölle. Und wo Liebe ist, da ist der Himmel. Ein Fitzelchen Himmel hast du ja gerade erlebt, im Bus, als es so schön war. Eigentlich ist ja die ganze Welt der Himmel. Alles was ist, ist doch aus meiner Liebe entstanden, außer, du weißt schon, als ich da so mit Lehm rumgematscht hab, und nicht mehr ganz bei der Sache war, und mit der Liebe auch noch reichlich Hölle - Sterben da mit reingematscht hab."

„Die Menschen sehn doch aber ganz lebendig aus."

„Aussehen schon, und dennoch liegt bei den meisten Menschen was im sterben, oder ist schon mausetot. Die Hölle ist nämlich auch vergessen. Wenn Menschen nämlich das Lieben und Leben vergessen. Und weil ich beides bin, vergessen sie auch mich. Wenn das nicht meine Schuld wär, und ich nicht Gott, könnte es mir ja egal sein. Aber manchmal weiß ich einfach nicht mehr weiter."

„Du hast mir jetzt so viel erzählt, lieber Gott, und ich weiß immer noch nicht was die Hölle ist."

„Da hast du ja ganz recht, Junge. Worte sind ja auch schon die halbe Hölle, und keiner merkt daß sich da die Schlange in den Schwanz beißt, und damit beginnt, sich selber aufzufressen."

„Lieber Gott, du machst mir Angst!"

„Richtig, Angst, da haben wir´s! Angst macht Hölle. Angst vor fremdem, tötet die Liebe und macht Hölle."

„Das versteh ich wieder nicht, lieber Gott!"

„Das ist auch ganz schwer zu verstehen. Stell dir mal vor wie Kinder sind. Sie werden geliebt, meistens jedenfalls, von Mama und Papa, und fühlen sich in deren Liebe glücklich und geborgen, und haben keine Angst vor dem Leben und der Welt. Sie gehen in Wiese, Bach und Wald. Dabei entdecken und erleben sie so viel Neues, weil sie noch offen sind für alles, was da ist. Sie erleben die Schönheit der Blumen und Gräser und Bäume, das Wasser und die geheimnisvolle Welt der Tiere. Nichts bleibt ihnen fremd, alles wird ihnen vertraut, weil sie noch keine Angst haben, vor dem was ihnen fremd ist. Für sie ist die Welt noch ein Paradies, der Himmel.

Bei den Großen wird es dann meistens anders. Es fängt schon in der Schule an, daß sie vergessen wie schön die Welt und das Leben ist. Da wird ihnen gesagt daß, Tiere stumpfsinnige Geschöpfe sind, und keine Seele haben. Daß Bäume, Blumen, ja die ganze Schöpfung nichts fühlt und empfindet, und nur da ist, damit der Mensch sie nutzen kann. Ja, nützlich, das ist gut. Wenn etwas nur schön ist, und keinen Nutzen bringt, wird es nicht beachtet. Nützlich muß alles sein. Und was nützlich ist, muß man haben. Die Blumen im Garten, auf der Wiese, im Wald, stehn da nur so rum.

Frau Müller sieht deren Schönheit nicht, sieht nicht wie Elfen mit ihnen flüstern, um sie her tanzen, und zu ihnen zärtlich sind. Frau Müller erwartet Besuch von ihrer Nachbarin. Da gehört es sich eben, weil sie dem Ansehen nützen, daß Blumen, in eine Vase gesteckt, zwischen Kaffe und Kuchen auf dem Tisch stehen. Also reißt sie die Blumen aus ihrer kleinen Zauberwelt und läßt sie sterbend in einer Vase dahinwelken. Und denkt das sei schön.

Die Nachbarin rückt an: >Frau Müller, sie haben aber schöne Blumen – wissen sie was der Kaffe heute kostet?<
Ja ja, liebes Kind. Mit den Blumen fängt es an. Mit den Tieren geht es dann so weiter, und mit den Menschen am Ende eben auch."

„Lieber, lieber Gott, wie sieht denn nun die Hölle aus?!"
„Sie sieht doch gar nicht aus. Sie ist nur, in den Menschen, die vergessen haben, was Liebe ist, und wie es ist, dem Leben wirklich nah zu sein."
„Ein bisschen ahn ich jetzt, was du meinst. Erzähl mir mehr, lieber Gott!"
„Ja, die Frau Müller hat vergessen, was Liebe ist. Und da, wo bei ihr mal Liebe war, in ihrer Seele, ist jetzt ein großes Loch. Und das tut sehr weh. Und das ist ihre Hölle. Frau Müllers arme Seele durstet und hungert nach Liebe und Leben. Darum geht sie sonntags in eine Kirche in der ein Kirchenmann auf mir rumlügt, und von einer göttlichen Liebe schwafelt die nichts ist als Haß auf meine Schöpfung und mich. Das macht dann alles nur noch schlimmer. Und weil Frau Müller sich vor allem, was lebt, fürchtet, haßt sie das Leben und sich selbst. So ungefähr sieht ihre Hölle aus."
„Das ist ja schrecklich lieber Gott! Da will ich lieber niemals groß sein!"
„Nur keine Angst! Ich bin doch dein Freund und sorge schon dafür daß du, auch wenn du groß bist, immer ein Kind bleibst."

Weit, weit, weg, in fernem Nebel, ein einsamer Ton: tuuuuut!
Jetzt schon näher: tuuuuut!
Ich reibe mir die Augen. Und jetzt sehr laut, mitten im Raum: tuuuuut!

Es stinkt nach Kotze. Die Kinder sehen krank aus, hängen matt auf den Bänken rum.

„Hat der doch die ganze Zeit geschlafen!" wundert sich ein grünes Gesicht. Sollte das das Mädchen aus dem Bus sein?!
Seltsam, wo sind denn die schönen Gefühle nur geblieben?!
Einfach davongeflogen – wie ein kleiner Vogel – irgendwohin …

Auf der Mole wartet eine große schlanke Frau. Wind zaust ihr helles Haar, flattert ihren Rock und versucht uns alle von der Mole ins Meer zu wehen.
Die Frau winkt uns zu sich: „Ich bin Martchen, und hol euch ab zum Weberhof."

Kleine Riedgedeckte Häuser ducken sich am Rand der Wattwiesen an die Dünen, hinter denen die Wellen der Nordsee an den Strand donnern. Ihr Wummern weht und heult der Sturm bis zu uns her. Der Weberhof auf den wir zueilen liegt groß und einsam unter seinem Rieddach weit hinter dem letzten Haus am Fuße der Dünen. Dort kommen wir in einen Raum, wie ich noch keinen gesehen hab. Riesengroß ist er, und hell, mit seinen vielen Fenstern. Mitten drin sind lange Tische, auf denen lauter braune Schalen, mit Löffeln für die Suppe, aufgereiht sind.
Mann, was hab ich Hunger! Hinter den Tischen reihen sich Holzsäulen hoch zu einer Galerie mit einem Geländer, das oben ganz herum geht. Tante Martchen führt uns erst einmal die breite Treppe hoch, und zeigt uns die Schlafzimmer, in denen wir unsere Sachen ablegen können. Mein Bett ist direkt am Fenster, wo draußen der Sturm heult. Inzwischen hat jemand große dampfende Töpfe auf die Tische gestellt. Endlich gibt es was zu essen! Als wir alle an den Tischen sitzen, füllt Tante Martchen und Helga mit einer Schöpfkelle Brei in unsere Schalen. Der riecht gut und – aua! ist der heiß!
„Das ist Hirsebrei", sagt Tante Martchen, „der schmeckt euch bestimmt."
Der schmeckt wirklich so gut, daß ich viele Schalen davon esse, bis ich nicht mehr kann. Dann klettere ich mit den Kindern, die auch das Meer sehen wollen, die Dünen rauf. Hier stürmt es nicht mehr so, und riecht dumpfig herb nach Sand

und Salz und Meer. Aber ganz oben, von wo wir das Meer sehen, weht uns der Sturm Sandkörner an die Beine, daß es wie Nadeln sticht.

Die Nordsee! Wild und unendlich weit. Wie ein wütendes Tier donnert sie ihre Wellen auf den Strand, von denen der Sturm weißen Schaum über den Sand bis an die Dünen weht. Zum fürchten gewaltig und groß ist das Meer – und aufregend schön. Fast schöner noch als die Bombennacht in Hamburg. Und noch nie war ich so winzig klein wie hier. Und Sehnsucht hab ich da draußen, nach dem kleinen Vogel, der einfach davongeflogen ist. Damals.
War´s nicht im Frühjahr nach den Hasenködeln? Meine Mama hatte ein elternloses Vogelkind aufgezogen. Es war kleiner noch, als eine Kinderhand. Dann konnte es endlich fliegen und Mama setzte den kleinen Vogel in einen Erlenbaum, am Ufer der Schwarza. Ängstlich blickten seine Äuglein umher. Seine kleine, helle Stimme rief: „tschib, wo bin ich hier?" Zaghaft fliegt er etwas höher in den Baum. „Tschib, tschib, Mama wo bin ich bloß?" Von Ast zu Ast fliegt er immer höher. Und dann ... mit einem mutigen "tschib" fliegt er los, will über die Schwarza zu der Erle am anderen Ufer, fliegt mit seinen kleinen Flügeln, die ihn noch nicht weit tragen können, abwärts über das Wasser hin – und fällt hinein. Fassungslos seh ich wie die dahineilenden Wellen das kleine in Todesangst flatternde Vögelchen davontragen. Heulend schimpf ich meine Mama aus, die bestimmt genau so traurig ist, wie ich.

Wie die Insel denn heißt?
Was macht es, wenn du ihren Namen kennst? Sicher hast du dir schon eine Insel vorgestellt. In deiner Phantasie. Deine Insel! Die eben erst aufgestiegen ist aus dem Meer, und nur dir gehört. Du kannst ihr einen Namen geben, und es bleibt deine Insel. Nenne *ich* dir aber ihren Namen, ist es nicht mehr deine Insel, und ihre Seele, die dich mit ihr verbindet, wird verblassen. Da gebe ich dir lieber einen Kuß auf deine Nase, und geh zurück zu den Kindern auf der Düne. Wer aber hat dich denn

eben geküßt? Ich, ein Junge, zehn Jahre alt? Oder vielleicht die junge Möwe hier, die auch nicht weiß wie die Insel heißt?

Da geht sie auf und ab in ihrer Sandmulde. Ihre hellen Augen schauen suchend umher, ob die Eltern nicht angeflogen kommen – mit einem Fisch im Schnabel.

Hunger! Hunger! Oh, ich weiß was Hunger ist! Und die Eltern kommen sicher nicht bei diesem Sturm. In der Küche bekomme ich ein paar Stückchen rohes Fleisch. Damit lege ich mich vor dem bräunlich gesprenkelten Vogel in den Sand. Er sieht mich an. „Nimm nur, schmeckt gut, kannst ruhig nehmen." Zögerlich geht er auf meine Hand zu, hält den Kopf etwas schief und sieht mir direkt in die Augen. Ich nicke ihm ganz etwas zu. Noch ein kleiner Schritt. Er hebt seinen Kopf, öffnet den großen Schnabel – ein klagender Laut – lasse ein Stück Fleisch in seinen Rachen fallen … das Eis ist gebrochen. Mit zitternden Flügeln bettelnd, kommt er nun zu mir her, und bettelt noch, als alles Fleisch verzehrt ist. Kraule ihn an Kopf und Hals. Er schließt die Augen vor Behagen. Weiche Federn an meiner Wange, duften wie das Meer.

*

Mit Hauke am Strand. Sind satt und zufrieden. Leckere Spiegeleier mit Bratkartoffeln hat´s zu Mittag gegeben. Warm scheint die Sonne auf uns, den Strand und das Meer herab, das kleine Wellen über unsere Füße spült. Da hinten liegt ein Schiffswrack nahe am Strand. Da wollen wir hin. Eigentlich suchen wir ja Bernsteine. Es liegen aber nur Steine und Muscheln rum. Hauke hebt eine kleinere Muschel auf. Rot ist sie, mit feinen Regelmäßigen Rillen. Er zeigt sie mir: „Weißt du was das für eine ist"?

„Nein, die ist aber besonders schön."

„Ja, und ganz selten. Das ist nämlich eine Venusmuschel."

„Die heißt ja wie ein Stern."

„Und wie eine schöne nackte Frau, die in einer großen Muschel steht. Und sie soll die Göttin der Liebe sein."

„Ah, dann ist sie wohl die Frau vom Lieben Gott!"

Jetzt leuchtet ein Stein schön rot im Sand.
„Guck mal Hauke, ich glaub ich hab einen Bernstein gefunden."
„Sieht ja so aus, und so groß, zeig mal!"
Hauke hebt noch einen Stein auf und klopft sie aneinander.
„Es klingt hart, wie Stein auf Stein. Bernstein würde sich dumpf anhören, weil der nicht so hart ist. Schade! Wolln wir mal zum Wrack? Ist ja keiner weit und breit, da können wir uns ruhig ausziehn."

Fühlt sich so gut an, die Sonne am ganzen Körper. Dann das kalte Wasser. Brauchen nur die letzten paar Meter zu schwimmen. Das Wrack liegt leicht auf die Seite geneigt. Wir ziehn uns an der Reeling hoch. Was das wohl für ein Schiff war? Außer der Reeling, und ein kleines Stück Mast, ist nichts am Deck geblieben. Vorne, hinten und in der Mitte sind Öffnungen im verrosteten Deck, mit Treppen die ins Schiff runtergehn. Da unten ist es schummrig und irgendwie ganz unheimlich. Und außer Wasser ist nicht viel zu sehen. Wir sind ein paar Stufen runter, und jetzt gruselt es wirklich! Von aus dem Wasser, die Stimmen ertrunkener Seeleute! Nix wie raus!

Am Strand, wo unsere Sachen liegen, zwei schwarze Schlipse und ein buntgeblümtes Kleid. Schwarz gewichste Schuhe treten tiefe Löcher in den Sand. Von da kommen die Stimmen der ertrunkenen Seeleute jetzt her. Gott sei dank!

„Schämt ihr euch nicht?!," schrillt das geblümte Kleid uns an.
„nackt hier rumzulaufen, wie die Buschneger!"

Uns bleibt der Mund offen als eine schwarzschlipsige Stimme poltert:
„Sind dafür tapfere deutsche Soldaten im Krieg gefallen, daß ihr hier rumlauft wie die Hottentotten?! Habt ihr denn überhaupt keinen Anstand im Leib?!"

Auf der Überfahrt gestern war mir nicht schlecht. Da war ja auch Gott bei mir. Jetzt kommt mir das Spiegelei mitsamt den Bratkartoffeln hoch, und pladdert in hohem Bogen über die Reling ins Meer.

Es war an der Ostsee. Da war ich noch klein, als mich eine Feuerqualle gebrannt hat. Ich hab dann viele Quallen mit einem Stock geschlagen, und das Brennen hörte wieder auf.
Die Bisse dieses geblümten Kleides, und dieses schwarzschlipsigen Ungeheuers, können Wunden reißen, die lange nicht heilen wollen.
Laut muß ich lachen. Mir fällt mein Lehrer Herr Fieber ein, der mich auch mal so angelogen hat. Du weißt schon – damals, mit dem Knoblauchbrot, wo ich mich auch schämen sollte.

Manchmal, wenn ich alleine ganz oben auf der Düne stehe, von wo ich übers Meer und das Südende der Insel schau, scheint die Insel wie ein großes Schiff auf dem Meer zu schwimmen. Ein nie gekanntes Gefühl der Freiheit. Fliege mit den Möwen zum Festland hin, über die engen Gassen von Vegesack, in denen der Hunger nagt, durch das Schwarzatal, das es eigentlich längst nicht mehr gibt.
Hab dort meine Kindheit zurückgelassen, an dem kleinen Fluß, geborgen zwischen den Bergen, hinter denen die Welt irgendwie zu Ende war. Geborgen. Dann bedroht. Von einem Krieg der irgendwann zu Ende ging ... Wind, Sonne, Sand, Meer. Leben mit den Kindern, Martchen, Helga und den jungen Frauen die an Webstühlen ihre Träume in bunte Stoffe weben, und immer fröhlich dabei sind. Unbeschwertes Leben, Teil einer friedvollen Welt. Hier oben, auf der Düne, berührt mich eine Unendlichkeit in die alle Erinnerung an mein vergangenes Leben versinkt. Bin nur noch Wind, Sonne, Sand und Meer. Und ein klitzekleines bisschen Sehnsucht in die Ferne.

*

Helga hat Geburtstag, und ist schon siebzehn. Butterkuchen, zum ersten mal in meinem Leben, mmm schmeckt der gut! Und Kakao, zum ersten mal seit ... damals, da haben wir Ziegen gehütet, und Milch von ihnen gemolken, und Kakao gekocht, auf dem heißen Blech auf dem wir die kleinen Fische zappeln ließen.

Und, wenn man so schlimmes getan hat, wie mit den Fischen, wird man das denn niemals wieder los?!

Den ganzen Butterkuchen haben wir aufgegessen, und alle Becher sind leer, und zum ersten Mal in meinem Leben wollen wir tanzen. Wie das wohl geht?

Tante Martchen hat ein Grammophon und Schallplatten. Das zieht sie mit einer Kurbel auf. Jetzt dreht sich die Schallplatte, und aus dem großen Trichter kommt Musik heraus.

„Das ist ein Wiener Walzer. Der heißt: Wiener Blut." sagt Tante Martchen. „Zählt mal alle mit, eins zwei drei, eins ..." dabei dreht sie sich im Kreis und bewegt ihre Füße im Takt, eins zwei drei.

Erst drehen wir uns alle durcheinander, stoßen aneinander, und laufen dem Takt mal hinterher und mal davon. Dann versuchen wir es zu zweit, so wie Tante Martchen es uns mit Helga vormacht. Dabei treten wir uns auf die Füße, und fallen fast um. Mit der Zeit geht's dann immer besser und macht richtig Spaß.

Am meißten Spaß macht es, sich so schnell zu drehen, daß man das Mädchen gut festhalten muß, damit es nicht wegfliegt. Am allermeisten Spaß macht es mit Helga, weil die sich am schnellsten drehen kann. Und so gut riecht.

*

Wieder in Vegesack! Ach, was soll ich da erzählen? Es ist als ob der Krieg hier irgendwie weitergeht. Die Grohner Barackenscheißer fahren mit ihren Wupps den Grohner Berg runter und hauen uns, wenn wir nicht weglaufen, oder ganz viele sind. Ihre Wupps haben sie selbst gebastelt, aus Kisten, unter die sie Achsen und Räder von alten Kinderwagen montiert haben. Die fahren sehr schnell, und sind schwer zu lenken. Mit ihnen klauen sie am Güterbahnhof Kohle, wenn keiner aufpaßt. Eckart und ich klauen auch mal welche, weil bald der Winter kommt.

Die Birnen im Garten sind schon lange reif, und schmecken sooo gut! Aber Brot gibt's nur ganz wenig, und Butter fast nie. Beim Bäcker Schnatmeier dürfen wir Kinder uns mal vertrocknete Brotreste aus einer Kiste nehmen. Damit macht Mama dann Brotsuppe. In den Mülltonnen der Amis finden wir auch mal was zu essen: alte Kekse, oder Äpfel und Bananen mit fauligen Stellen dran.

In der Hafenstraße ist der Schwarzmarkt. Da kostet eine Zigarette 5 Mark, und Butter 200 Mark, oder 40 Zigaretten. Geld hab ich keins. Aber für ein paar Tabakblätter kann ich mal Streichhölzer oder Schokolade eintauschen.

Heimlich ist der Winter nun gekommen, und hat gar nicht erst gewartet bis der Herbst zu ende war. Eisiger Ostwind weht die letzten Blätter von den Bäumen, kriecht ins Haus und unter die Kleidung bis auf die Haut.

Im Sommer hat Papa im Teufelsmoor Torf gestochen. Der liegt jetzt in der Waschküche. Im Herd glimmt er vor sich hin. Davon ist die Küche etwas angewärmt. Aber im Schlafzimmer ist es so kalt, daß der Atem auf der Bettdecke zu pudrigem Eis gefriert, und an den Wänden glitzernde Eisblumen wachsen.
Obwohl Mama jedem einen im Backofen gewärmten, und in ein Handtuch gewickelten Ziegelstein ins Bett gelegt hat, will am Abend keiner unter die kalten Decken, unter denen wir Kinder uns vor Hunger in den Schlaf weinen. Und am Morgen will keiner aus dem Bett ins kalte Zimmer.

Es wird immer kälter. Der Hafen friert zu. Aus dem Hafen kriecht die Eisdecke in die Weser. Legt sich sacht auf die Wellen. Schiebt nachts ihre Eisfinger bis zur Fahrrinne, über der sie, mit dem auf sie zu kriechenden Eis, zu einer mondspiegelnden

Fläche zusammenwächst. Noch kümmert das die Dampfer nicht. Die gleiten ruhig durch das dünne Eis, als wär es gar nicht da. Hinter sich lassen sie ein dunkles Wasserband zurück. Es wird noch kälter. Der Frost beißt in die Nase, die Ohren, und macht die Hände steif. Über der heißen Herdplatte tauen sie wieder auf. Dann piezeln sie, wie wenn lauter Ameisen drin rumkrabbeln und beißen, daß es kaum noch auszuhalten ist.

Wieder ist es Nacht geworden. Zusammengekauert liege ich bibbernd im Bett. Die Decke ganz über mich gezogen, trau ich mich nicht einzuschlafen. Ich könnte ja im Schlaf erfrieren. Vorbei wär dann das hungern und frieren, da oben im warmen Himm ... es geht ja gar nicht. Mein Freund, der Liebe Gott, läßt das doch nicht zu. Der braucht mich ja noch hier unten ... hat er doch gesagt ...

Weil der Schwarzmarkt verboten ist, ich glaub von den Amis, geht ein Polizist in der Hafenstraße rum, und paßt auf, daß keiner was tauscht. Er darf nicht sehen was man tauschen oder verkaufen will, sonst nimmt er einem das einfach weg.
Wenn ich jemanden genau beobachte. Seine Augen, sein Gesicht, wie er sich bewegt, ob er wohin will oder mehr so rumlungert, merk ich gleich, ob er was verkaufen oder tauschen will. Das hab ich schnell gelernt. Das ist ganz leicht.
Da ist aber noch was sehr geheimnisvolles, wie ein drittes Auge, das ohne mich sieht und mir später erst, im Traum, zeigt was es gesehen hat.
Als sich dieses dritte Auge zum ersten Mal geöffnet hatte, sah ich einen netten freundlichen Mann mir gegenüber am Tisch sitzen. In der Nacht sah ich ihn wieder, im Traum, mit meinem dritten Auge. Da sah er ganz anders aus: böse und gemein. Ich hab mich sehr gewundert, über diesen Traum. Und mehr noch, als ich erlebte, daß dieser Mann wirklich gemein und böse war. Ein andermal sah ich in ein mürrisches, abweisendes Gesicht, das mir dann, im Traum, freundlich und vertrauensvoll erschien. Auch diesmal erlebte ich später, daß mein drittes Auge richtig gesehen hatte. Von da an wußte ich immer, am nächsten

Morgen, was für einem Menschen ich begegnet war. Geheimnisvoll ist das, und schön, und wie Zauberei.

Geh die Hafenstraße, wo ich zwei kleine Würfel Schokolade ergattert habe, zu ende, und in die Post. Da will ich mich aufwärmen. Klaus hockt schon an der Heizung.
„Hab grad was getauscht. Hier, nimm." Klaus staunt das Schokoladestückchen an.
„Dafür geb ich dir die hälfte Streichhölzer." Streichhölzer für Schokolade. Streichhölzer, in deren roten Köpfen Licht und Wärme schlummert. Ein kleiner Schatz, in dieser kalten Zeit!
Auf einer Bank im Schalterraum, sitzen zwei alte Männer, in ihre Mäntel gemummelt, und warten auf den Sommer.
„Seid ihr auch ordentlich warm geworden?" fragt uns einer von ihnen, als wir auf den Ausgang zu gehen. „Geht so." meint Klaus und kommt mir nach, auf die Straße die Wilmannsberg heißt, und bergauf zur Breiten Straße führt. An der Ecke ist gleich die Schule. Am anderen Ende, wo auch der Bäcker ist, war doch mal ein großer Baum! Jetzt ist da eine Kuhle, in der nur noch ein Stubben auf seinen vielen dicken Wurzeln steht, und zwei Männer. Die graben und hacken an den Wurzeln rum, daß ihr Atem wie Dampf über dem sandigen Boden hängt.
„Die habens bestimmt warm." meint Klaus. „Wir haben gerade unseren Kleiderschrank verheizt. Ob am Bahnhof wohl wieder Kohlen sind?"

*

Über uns wohnt Herr Pohl. Von ihm hab ich geträumt, daß er ein Vogel ist, und übers Meer fliegt. „Reinhart", hat er da gesagt. „du kannst doch auch fliegen. Flieg doch einfach mit!" Da sind wir zusammen geflogen. Er als Vogel, ich als ich. Es war wie ein Wunder, leicht und schön.
Ich hab ihm von meinem Traum erzählt. Oben in seinem kleinen Zimmer unterm Dach, wo er vor seinem Reißbrett steht und auf ein großes Blatt Papier feine Striche macht. Zwischen Mittel-

und Zeigefinger, seiner schmalen linken Hand, hält er eine Zigarette. Da sind seine Finger ganz gelb, von dem vielen Rauch. In der anderen Hand hält er einen Stift, mit dem er zum Fenster deutet. „Wenn ich übers Wasser ins weite Land da schau, glaub ich manchmal, daß ich, wie ein Vogel über die Weser in die Ferne fliege. Daß du sowas von mir träumst, ist schon merkwürdig."

Dünn und zerbrechlich steht er da vor seinem Reißbrett. Wie aus Papier und Strichen, und tut gewiß keiner Fliege was zuleide. Im Papierkorb: zerknülltes Papier und leere Zigarettenschachteln. Aus der Packung, neben der Kaffetasse, nimmt Herr Pohl eine neue Zigarette und steckt sie an der glimmenden Kippe an, die er, wie abwesend, zwischen den vielen Kippen im Aschenbecher ausdrückt.

„Sooo viele Zigaretten!" staune ich.

„Die hab ich von dem Amerikaner für den ich eine Yacht entwerfe. Ich rauche ja viel zu viel. Wenn man aber erst mal süchtig ist, kann man nicht mehr aufhören. Fang du bloß gar nicht erst damit an!"

Tatsächlich! Auf das Blatt auf dem Reißbrett, hat Herr Pohl ein richtiges Segelschiff gezeichnet. Von der Zeichnung blick ich auf die Weser, seh es dort schon mit geblähten Segeln durch die Wellen gleiten. Zum ersten Mal in meinem Leben bin ich einem Zauberer begegnet.

Erst zaubert er, mit seinem kleinen Zauberstab, ein so schönes Segelschiff aufs Papier. Dann bringt er es zu Abeking & Rasmussen auf die Werft. Dort wird so lange weitergezaubert, bis aus der Zeichnung von Herrn Pohl, ein schönes großes Segelschiff geworden ist. Dann segeln Herrn Pohls Striche, von dem kleinen Vegesack übers Meer um die ganze Welt …

Die Lesum, ein Nebenfluß der Weser, ist ganz zugefroren. Das wäre die Weser jetzt auch, wenn die Eisbrecher nicht kämen. Mit krachendem Getöse, trümmern sie durchs Eis. Mannshoch türmen sich die Eisschollen am Strand.

Dann ist Ruhe. Nichts bewegt sich mehr, auf der Weser; nur noch auf dem Eis. Fährgeld braucht nun keiner mehr zu zahlen, wenn er rüber will, nach Lemwerder, oder von dort nach Vegesack. Jetzt geht´s übers Eis. Zu Fuß oder mit dem Pferdewagen die Deutschen, mit dem Jeep die Amis, und wir Kinder auf Schlittschuhen – die Lesum hoch, endlos weit bis Tietjens Hütte. Dort trinken wir Limonade und wärmen uns auf.

Vor dem Hafen, am Utkiek, sind zwei Schlepper eingefroren, gefangen im Eis. Die Essen rauchen noch. Ihre Pfeifen aber sind den Schiffern ausgegangen. Die sind vielleicht froh, daß ich noch Tabak für sie habe! Eine halbe Hand voll Tabak für einen ganzen Sack voll Kohlen!
Einer der Männer schleppt ihn übers Eis, und läßt ihn auf die Straße plumpsen. Jeder Versuch, ihn anzuheben, ist vergeblich. Es sind ja nur hundert Schritte bis nach Hause. Ich könnte meinen Vater holen. Der Mann da drüben, und der da hinten, die warten aber nur darauf, daß ich den Sack hier liegen lasse. Es wird ja bald dunkel – dann wird man mich vermissen, und nach mir suchen. Hoffentlich!

Erst werden meine Füße kalt. Dann wird es dunkel. Ob Papa mich in der Dunkelheit finden kann? Meine Hände frieren, mein Gesicht. Ich schlottere vor Kälte, will schnell nach Hause, und kann die Kohlen nicht alleine lassen. Streichhölzer hab ich ja. Wenn da auch noch Holz wäre, könnte ich ein Feuer machen, und mich wärmen. Aber ohne Holz geht kein Steinkohlebrocken an.
Aus dem Dunkel der Straße löst sich eine Gestalt. Vielleicht, es könnte ... unter den Lichtern der Strandlust ... Papa! Ich bin hiiiier!

*

Lange haben die zwei alten Männer, im Schalterraum der Post, auf den Sommer gewartet. Nun ist er da, und wir sind wieder in unserer Wohnung in Blumenthal. Hier gibt es endlich auch mehr Brot zu essen.

Irgendwer hat für alle Bäcker in Bremen Korn aus Amerika bestellt; viel viel Korn. Zum Glück war es kein Schnaps, der da ankam! Das wäre ja auch noch schöner gewesen! Es sind jedoch auch keine Korn- Körner angekommen. Aber was denn wohl? Wenn Amerikaner Korn (corn) sagen, meinen sie damit Mais. Nun ist alles: Brötchen, Kuchen, Brot und Hände und Gesicht vom Bäcker, maisgelb und süßlich. Erst schmeckt das gel-be Brot ja noch ganz gut. Doch bald habe ich es über, und wünsche mir das gute alte Rundbrot zurück.

Auch hier macht die Schule keinen Spaß. Unserem Lehrer, Herrn Müs, macht es dafür großen Spaß, uns mit seinem Rohrstock so auf die Hände zu schlagen, daß sie brennen. Und sie brennen bei jeder schlechten Laune von Herrn Müs. Die blöden Hausaufgaben muß ich auch noch gleich nach dem Mittagessen machen. Danach erst darf ich an die Weser, schwimmen gehen.

Die meisten Mädchen hier sind zickig und doof, und die Jungens sind auch nicht besser. Die interessiert nur etwas, das gar nicht sein darf, das sich in schlüpfrigem Nebel versteckt. Sie tuscheln von ficken, und grinsen wissend, und häßlich, und singen:

Banane Zitrone
An der Ecke steht ein Mann.
Banane Zitrone
Er lockt die Weiber an.
Banane Zitrone
Er nimmt sie mit nach Haus.
Banane Zitrone
Er zieht sie nackend aus.
Banane Zitrone
Er nimmt sie mit ins Bett.
Banane Zitrone
Er fickt sie dick und fett.

Versteh nichts! Diese Kinder ekeln mich an! Sie lachen über mich.

„Alle Großen ficken!" klärt mich ein Junge auf. „Deine Eltern auch!"

„Was ist denn ficken?" will ich nun wissen.

„Dein Vater steckt deiner Mutter das Dings, den Schwanz, in ihre Pflaume und fickt drauflos."

„Du lügst! Meine Eltern tun sowas nie!"

Er lacht. Hat meine Eltern beleidigt. Knall ihm eine. Er plärrt; „Du glaubst wohl immer noch an den Klapperstorch!"

Ich will weg hier, hier ekelt es!

Diesen Januar bin ich dreizehn geworden, und ich weiß: wenn eine Frau einen dicken Bauch hat, ist da ein Baby drin. Wie es da rein– und raus kommt? Keine Ahnung.

Als ich noch klein war, und mir eine Schwester wünschte, hab ich für den Klapperstorch Zucker draußen auf die Fensterbank gelegt und jeden Tag nachgeschaut. Kein Storch kam. Dafür kam dann meine Schwester. Irgendwas stimmte da nicht, aber was nur?!

Inzwischen weiß ich schon, daß Störche anderes zu tun haben, als Babys rumzuschleppen. Das mit dem Kinder kriegen ist mir jedoch nach wie vor ein Rätsel.

Ich trau mich schon gar nicht mehr danach zu fragen, weil es den Erwachsenen so peinlich ist, daß sie immer nur um den heißen Brei herumreden; darüber spricht man nicht; dafür bist du noch zu klein – das muß ja was ganz schlimmes sein, wenn sich keiner darüber zu reden traut …

In eine große Buche will ich klettern. Unten sind keine Äste. So umklammere ich den Stamm mit Armen und Beinen, und klimm an ihm hoch. Ein seltsames Ziehen im Leib. Als ob der Baum in mich reinwächst. Und ich in den Baum. Und mach mich naß …

Bestimmt ist da was kaputt gegangen. Vielleicht bin ich jetzt ja krank! Wer kann das sagen? Zu Mama oder Papa gehen, und fragen, was da wohl passiert ist? Bbbrrr nein! Ich schäme mich ja so schon, und weiß nicht mal warum. Da geh ich lieber heimlich ins Klo, und schau mal nach …

In der Unterhose, und an meinem Zipfel, entdecke ich jetzt eine klebrige Flüssigkeit. Was ist das bloß?! Es riecht gut. Wie Lindenblüten. Da kann es eigentlich ja nicht so schlimm sein. Und schmecken tut es auch nicht schlecht, ganz etwas salzig nur.

Merkwürdig – daß ich jetzt daran denken muß – und hatte es doch ganz vergessen!

Damals, als ich noch nicht in die Schule ging, war ich mal mit Maike an der Schwarza. Wir hatten da nichts an, und wollten mal was ausprobieren. Erst wollte ich in sie rein machen, und Maike dann in mich.

So gut es eben geht, drücke ich meinen Zipfel in Maikes Spalt, und mache in sie rein. Es geht aber alles daneben, und läuft uns an den Beinen runter. Als Maike dann macht, geht bei mir erst recht nichts rein, und wieder läuft alles an unseren Beinen runter. „Wir haben´s wenigstens versucht." kichert Maike erst, dann müssen wir beide lachen. Dafür, daß alles daneben ging, haben wir jetzt unser schönes Geheimnis.

Was ist denn das? Es wird ja immer schlimmer! Mein Zipfel ist riesengroß geworden! Wenn Maike das sehen würde, bekäme sie bestimmt auch solch einen Schrecken, wie ich! Ob ich jetzt wirklich krank geworden bin?!

Nun merke ich, daß er sich danach sehnt, daß ich mit ihm spiele. Erst streichele ich ihn, mit meinen Fingerspitzen, oben, wo er ganz neu ist. Und etwas weiter unten, um den Rand, daß er sich freut. Dann bis ganz unten, und wieder rauf, daß er vor Freude tanzt und außer sich gerät, in wunderbaren Gefühlen, und duftende Freudentränen, wie sanfte Feuerstöße aus einem winzigen Vulkan, durch den kleinen Raum schweben. Nun, oh, wird er kleiner. Wie wenn eine Tulpe welkt, und ist bald wieder der liebe kleine Zipfel, der er vorher war.

Wieder hab ich ein Geheimnis, und werde lange Zeit nicht wissen, was das ist. Merkwürdig nur, daß ich das von damals, jetzt so gerne mit Maike nochmal probieren würde. Dabei ahne ich, daß das was mit "ficken" zutun haben könnte, obwohl es doch etwas ganz anderes ist. Nicht ekelig und häßlich. Einsam, geheimnisvoll, und schön.

Wenn ich doch nur mit jemandem darüber sprechen könnte! Da ist aber niemand, weit und breit!

Irgendwie muß ich eine art Zwischenwelt finden! Eine Welt zwischen den Menschen und mir, in der es Wesen gibt, die zuhören und verstehen. Doch überall nur Drecksgedanken, Moral, Scham, Tabus …

Sachte wiegt mich das Meer, über sandigem Meeresgrund. Grünes Leuchten rieselt zu mir herab. Leise singende Stimme. Lichthaare umfließen Elfengesicht. Meine Finger berühren ihr Haar – Gesicht – Hände …

„Weißt du, wer ich bin?"

„Ja, ich fühle dich."

„Du hast mich gerufen. Ich bin deine Elfe, und möchte in dir wohnen. Darf ich?"

Meine Finger, an ihren Händen, sagen leise, ja. Elfenarme umfangen mich. Unwirkliche Glücksgefühle tragen uns zusammen weit hinaus übers Meer …

Als ich aufwache, träume ich weiter von meiner wundersamen Elfe. Den ganzen Tag träume ich von ihr. Trage in mir ein Geheimnis, wie eine Mutter ihr Kind – ein Lichtwesen – unsterblich schön.

Auch ich bin unsterblich geworden, seit meine Elfe in mir wohnt. Der einzige Junge auf der Welt, in dem eine Elfe lebt. Solln die anderen ficken wie sie wollen, mich geht das alles nichts mehr an.

„Laß uns weg gehen von hier." hör ich meine Elfe sagen. „Laß uns mal nach England reisen." ein Kuß auf ihre Stirn, „danke", nur in Gedanken, und doch haben meine Lippen ihr Gesicht berührt. Sie zittern leicht. Ich fühle, ich bin verwunschen.

*

Die Welt um mich her ist anders geworden. Und ich merke, daß auch ich mich verwandele. In mir eine Sehnsucht, nach einem fernen fremden Land. Eine Sehnsucht, die eine Elfe mir ins Herz geflüstert hat.
Was das wohl für Menschen sind, die dort in England leben? Neugierig bin ich geworden. Wie die wohl sind, die unsere Feinde waren? Die Wahrheit will ich wissen, erfahren in was für einer Welt ich lebe. Eine Elfe läßt mich ahnen, wie ganz anders die Wahrheit ist, als die Darübersprichtmannichtse sie erscheinen lassen. Meine Elfe und ich – und die Sehnsucht, nach einem fremden Land …

*

Erst wundern sich alle, daß ich nach England will. Dann fällt meinem Papa ein, daß er dort Freunde hat, aus der Zeit, vor dem Krieg.
Es blieben mir nur wenige Tage, ein paar Brocken Englisch zu lernen.
Mit meinen Habseligkeiten, in einem kleinen Koffer, Papa, Mama, Eckart und Karin, warte ich am Blumenthaler Bahnhof auf den Zug.
Als der sich langsam wieder in Bewegung setzt, und der Kleine Bahnhof, mit meinen Eltern und Geschwistern an mir vorüberzieht, und immer kleiner wird, hab ich erst ein komisches Gefühl im Bauch.
Dann fällt mir meine Elfe ein, und ich weiß – ich bin endlich nicht mehr so allein …

*   *   *

Ursua Nootbaar-Wegner
so wie
Rolf W. Schwake

danke ich, für ihre Hilfe,
bei der Gestaltung dieses Buches